高等职业教育新形态一体化教材

传统文学修养

主 编　阳璐西　徐菲　王岚　徐奇霖

副主编　罗常华

中国教育出版传媒集团
高等教育出版社·北京

内容提要

　　本书是四川省"十四五"职业教育省级规划教材立项建设教材，也是高等职业教育新形态一体化教材。全书贯彻落实党的二十大关于"加快建设高质量教育体系，发展素质教育"的相关要求，立足"三教"改革背景下高职院校人才培养的新要求、课程思政与教材深度融合的新形势，在编写上以高素质技术技能人才的培养目标为切入点，以人文知识的拓展和人文素养的培育为基本目标，强化人文素养类课程在立德树人方面的独特功能。全书分为"家国情怀 荣辱与共""仁爱共济 立己达人""民惟邦本 本固邦宁""宇宙四时 文人雅韵""国学国粹 传承弘扬"五个专题，每个专题内设计了文化揽要、撷英咀华、文化赏析、各抒己见、牛刀小试、史海钩沉、视听链接、书海泛舟等栏目，并配有微课和在线测试题，实现了知识性、趣味性和实践性的统一。

　　本书配套开发有PPT等数字化教学资源，具体获取方式见书后"郑重声明"页的资源服务提示。

　　本书既可作为高等职业院校大学语文、传统文学、人文素养等相关课程的教材，也可作为社会学习者的参考用书。

前言

　　本书是四川省"十四五"职业教育省级规划教材立项建设教材。全书贯彻落实党的二十大关于"加快建设高质量教育体系，发展素质教育"的相关要求，以中共中央办公厅、国务院办公厅印发的《关于实施中华优秀传统文化传承发展工程的意见》为纲领，以"坚定文化自信，传承中华优秀传统文化"为目标，以中华经典文学篇目为载体，坚守中华文化立场，提炼展示中华文明的精神标识和文化精髓，落实立德树人根本任务，培养民族自豪感和民族自信心，激发学生对中华优秀传统文化的热爱之情，提高学生的综合审美素养，厚植爱国情怀。

　　本书在紧扣中华优秀传统文化、突出新时代特征的同时，吸取借鉴大量优秀教材编写经验，具有如下特色。

一、创新编写体例

　　在编写教材时，注重体现文化的传承性和关联性。全书篇目的选取创造性地形成了"从古至今、由浅入深、从内到外"三阶同步育人的新思路和新模式，同时凝练成不同的文化专题。专题各小节之间相互呼应，将语言发展与情感熏陶有机融合，实现文化育人的目标。

二、紧扣时代特征

　　围绕"学习—养成—传承—弘扬"的育人理念，打破"学—讲—练"的传统模式，紧扣时代特征，将经典文学篇目与现当代视听作品相结合，辅以原创插画，综合多种方式培育学生的文化素养。

三、融入思政元素

　　本书将思政教育充分融入课程教学之中，围绕爱国主义、家国情怀、民族观念、人文精神等主题精选篇目，每一篇选文、每一部视听作品既让学生感受到传统文学的魅力，又传递积极的世界观、人生观和价值观。

本书由阳璐西、徐菲、王岚、徐奇霖担任主编，罗常华担任副主编，孙夏、周静、赵燕、陈进、彭祎昀、王瑛、刘萍、吴文婧、左蕾参与编写。在编写过程中，我们将多年的教学经验进行提炼，在参考大量文献、书籍的基础上对瀚如烟海的传统文学经典篇目进行精选和归类，力图编写一部适合高等职业院校学生和教师使用的人文素养类教材。

由于时间紧迫、水平有限，书中难免存在不足之处，恳请广大读者不吝赐教、批评指正，以便再版时修订，使之日臻完善！

编者

2023 年 8 月

目录

专题一

家国情怀 荣辱与共

　　本专题通过对经典的诗歌、散文及视听作品进行赏析，培养学生对文学作品的研读能力和感悟能力，使其了解中国人的家国情怀在不同时期、不同文体和媒介中的表达，理解中华优秀传统文化中家国情怀的重要性，引导学生永葆爱国之情，传承中华优秀传统文化。

　　中国梦是每个中国人的梦，它凝聚了中国人民对中华民族伟大复兴的憧憬和期待，是亿万人民世代相传的夙愿，中华民族的伟大复兴离不开每一个中华儿女的参与和创造。青年兴则国家兴，青年强则国家强，国家与个人的命运荣辱与共。增强国家认同，培养爱国情感，树立民族自信，培养学生成为有理想、有本领、有担当的新时代青年是本专题的目标。

第一节　天下兴亡 匹夫有责

文化揽要

本节精读篇目为秋瑾的《对酒》《鹧鸪天》，选读篇目节选自顾炎武的《日知录·正始》。

秋瑾（图1-1-1，图1-1-2）是杰出的近代民主革命志士，她把自己的生命奉献给反封建主义和争取民族解放的崇高事业。秋瑾一贯以提倡女权为己任，她指出，"女学不兴，种族不强；女权不振，国势必弱"。同时她还将妇女运动与革命运动相结合，孙中山为其题词"鉴湖女侠千古巾帼英雄"，并在所著的《建国方略·有志竟成》中将秋瑾与徐锡麟、熊成基等革命志士并称，褒扬其革命功绩。

顾炎武是明末清初杰出的思想家、经学家、史地学家和音韵学家，与王夫之、黄宗羲并称为"明末思想家"。本节选读《日知录·正始》中的《亡国与亡天下奚辨》，此文首先提出"亡国"和"亡天下"是两个不同的概念，天下之亡必然带来历史的倒退和天地的翻覆，以至于"率兽食人，人将相食"，继而提出"保国"和"保天下"的区别。

顾炎武率先提出"天下兴亡，匹夫有责"（图1-1-3）的这一伟大号召，秋瑾则用生命响应了它。数百年来，这一号召激励了一代又一代的中华儿女，他们为国家之振兴、民族之解放抛头颅、洒热血。今天，时代赋予了我们新的使命，生逢其时是最大的际遇。我们要敢于负责、勇于担当，自觉把个人理想和国家的命运紧紧联系在一起，树立远大理想，彰显青春力量！

撷英咀华

对 酒

清·秋瑾①

不惜千金买宝刀，
貂裘换酒也堪豪。
一腔热血勤珍重，
洒去犹能化碧涛②。

注 释

① 秋瑾：初名闺瑾，乳名玉姑，字璿卿，号旦吾。东渡后改名瑾，字竞雄，自号"鉴湖女侠"，笔名秋千，曾用笔名白萍。秋瑾是中国女学思想的倡导者，也是近代民主革命志士，为辛亥革命做出了巨大贡献，对妇女解放运动的发展起到了巨大的推动作用。

② 碧涛：指血化为的波涛。用《庄子·外物》典："苌弘死于蜀，藏其血三年而化为碧。"苌弘是周朝的大夫，他是忠贞之士，却遭奸臣陷害，自杀于蜀，当时有人把他的血用石匣藏起来，三年后再看发现血已化为碧玉。后世多以碧血指烈士的鲜血。

文化赏析

这首《对酒》从遣词造句上看充满豪放之气。秋瑾虽然身为女性，但她时刻反抗命运加给自己的性别身份。她有"千金买刀""貂裘换酒"的豪气，更有时刻准备为革命挥洒的一腔热血。在诗中，我们仿佛看见秋瑾手持宝刀、执酒畅饮，时而吟诗，时而沉思，一派豪侠之气。

秋瑾出自深闺，出嫁后生活安稳富足，但她高呼："苦将侬，强派作蛾眉，殊未屑！"她宣称："身不得，男儿列，心却比，男儿烈。"她虽是在封建主义桎梏下成长起来的女子，却胸怀天下，为国家的命运担忧。她习文练武，东渡日本，学成归国后义无反顾地投身革命。在这场斗争中，她不只是女子，更是坚定的女革命家，"秋瑾不仅为民族解放运动，并为妇女解放运动树立了一个先觉者的典型"[1]。

敬告中国二万万女同胞

各抒己见

阅读《敬告中国二万万女同胞》一文，谈谈你如何理解秋瑾的思想主张。

撷英咀华

鹧鸪天

清·秋瑾

祖国沉沦感不禁①，
闲来海外②觅知音。
金瓯③已缺总须补，

图1-1-2　秋瑾

1　郭沫若在《秋瑾史迹·序》中如此评价。

为国牺牲敢④惜身！

嗟⑤险阻，叹飘零。

关山万里作雄行⑥。

休言女子非英物⑦，

夜夜龙泉⑧壁上鸣！

注　释

① 沉沦：沉没，指国家处在危厄之中。
感：感慨。不禁：禁受不住、忍不住。

② 海外：此指日本。知音：指革命同志。

③ 金瓯：原指酒器，后比喻为完整的国
家。《南史·朱异传》："我国家犹若金
瓯，无一伤缺。"金瓯已缺，是说国家
已经破碎，要被帝国主义列强瓜分了。

④ 敢：怎敢、岂敢。

⑤ 嗟：感叹、感慨之语。

⑥ 雄行：指女扮男装。

⑦ 英物：英勇杰出的人物。

⑧ 龙泉：宝剑名。宝剑挂于壁上而自鸣，
表示将要杀敌。语出自王嘉的《拾遗
记》："有曳影之剑，腾空而舒，若四方
有兵，此剑则飞起指其方，则剋伐，未
用之时，常于匣里，如龙虎之吟。"这
是说颛顼（zhuān xū）有宝剑，不用
的时候剑在匣中发出的声音如龙虎之
吟。据吴芝瑛的《记秋女侠遗事》记
载，秋瑾"在京师（北京）时，摄有
舞剑小影，又喜作《宝刀歌》《剑歌》
等篇"。

文化赏析

　　诗品如人品，这首抒怀之作可作如是观。这是秋瑾于1904年赴日本后填
写的作品，是其品格形象化、诗化的表述，是其志行的写照。全词用语朴拙、
直抒胸臆、俊爽率真，充盈着救国热忱，洋溢着爱国激情。读之如见其人、如
闻其声，飒爽英姿跳荡于字里行间，其豪放之气概、高昂之斗志，令读者深深
为其动容。在我国的诗歌史上，表达爱国志行的作品并不少，但作为女性作
者，秋瑾的铿锵之音比苏轼、辛弃疾之势更令人振奋，她的作品且豪且壮，彰
显出巾帼不让须眉之志。

各抒己见

秋瑾虽然出自清末官宦之家，但她蔑视封建礼法、投身革命，吹响了近代妇女解放的号角。请你结合现实，谈一谈当代青年女性应学习秋瑾的什么精神？

牛刀小试

牛刀小试

一、单选题

1. "一腔热血勤珍重，洒去犹能化碧涛"一句采用的写作方法主要是（　）。

   A. 用典　　　B. 拟人　　　C. 比喻　　　D. 暗示

2. 下面句子中的字词解释有误的一项是（　）。

   A. 不惜千金买宝刀　　　惜：吝惜

   B. 貂裘换酒也堪豪　　　堪：忍受

   C. 一腔热血勤珍重　　　珍重：珍惜

   D. 洒去犹能化碧涛　　　碧涛：碧血，指烈士的鲜血。

3. 秋瑾的《鹧鸪天》是一首（　）。

   A. 词　　　B. 曲　　　C. 诗　　　D. 短赋

4. 下列各组词语中没有错别字的一项是（　）。

   A. 碧涛　兴奋异常　焦燥不安　嘶哑

   B. 咕噜　疯疯颠颠　胆战心惊　恍惚

   C. 聚拢　尸横遍野　劫掠一空　飘零

   D. 愕然　无精打采　锋火岁月　累赘

5. 《对酒》是一首（　）。

   A. 七言律诗　　　　　　B. 五言律诗

   C. 七言绝句　　　　　　D. 五言绝句

二、判断题

1. "一腔热血勤珍重，洒去犹能化碧涛"一句采用了"苌弘碧血"的典故。（　　）

2. 从"不惜千金买宝刀，貂裘换酒也堪豪"一句可以看出作者是一位豪侠之士。（　　）

3. "祖国沉沦感不禁，闲来海外觅知音"一句说明作者对国家的危厄之状感到忧愁焦虑，实际上身心皆不得闲。（　　）

4. 《鹧鸪天》属于近体诗。（　　）

5. 秋瑾写的律诗、词都属于现代诗。（　　）

三、翻译题

1. 一腔热血勤珍重，洒去犹能化碧涛。

_____

_____

2. 休言女子非英物，夜夜龙泉壁上鸣！

_____

_____

史海钩沉

日知录·正始（节选）

明·顾炎武

　　有亡国，有亡天下，亡国与亡天下奚辨？曰：易姓改号，谓之亡国；仁义充塞，而至于率兽食人，人将相食，谓之亡天下……是故知保天下，然后知保其国。保国者，其君其臣，肉食者谋之；保天下者，匹夫之贱与有责焉耳矣。

释　义

　　"亡国"与"亡天下"是两个不同的概念，"亡国"与"亡天下"有何区别呢？"亡国"是指改朝换代，换个帝王、国号；而"亡天下"则是败义伤教，仁义之路被阻塞，以致到了带领禽兽来吃人、人与人之间也互相吃的地步，这是伦理道德的沦丧。因此，要先知道保天下，然后知道保国家。保国家，这是国君和大臣要谋划的事；而保天下，即便是普通百姓也是有责任的。

视听链接

电视剧《觉醒年代》

　　1915年9月，陈独秀在上海创办《青年杂志》（后改名为《新青年》），竖起科学与民主两面大旗，新文化运动由此发轫。陈独秀、李大钊、胡适、鲁迅、蔡元培等人以《新青年》为阵地，与辜鸿铭、刘师培、黄侃等复古派激烈争论，一时间百花齐放、精彩纷呈。陈独秀与李大钊、陈延年、陈乔年等由分到合，最终选择了马克思主义；胡适等人则与陈独秀、李大钊由合到分，走向了全盘西化。觉醒年代，大浪淘沙，南陈北李相约建党，曙光初现，该剧艺术地再现了一段充满理想与激情的澎湃岁月。

　　你最喜欢剧中的哪个人物形象？请谈谈你的看法。

图1-1-3　顾炎武

天下兴亡
匹夫有责

第二节　居安思危 可无备御

文化揽要

本节精读篇目选自《孟子·梁惠王上》的《寡人之于国也》，选读篇目选自《论语》的《季氏将伐颛臾》。

战国时期，列国争雄，频繁的战争导致人口大批迁徙。当时既无国籍制度，也无移民限制，百姓可以寻找自己心中的乐土，哪个国家比较安定、富强、和乐，人们就迁到哪个国家。而一个国家人民的多少是衡量该国是否繁荣昌盛的标志之一。因此，各个诸侯为称雄，都希望自己国家的人口增多，梁惠王也不例外。《寡人之于国也》（图1-2-1）正是基于这一现状而对"仁政"展开的探讨。

春秋末年，诸侯公室日衰，把持朝政的卿大夫之争日趋激烈。鲁大夫季孙、孟孙、叔孙曾"三分公室"，而后季孙氏权势日益增大。至鲁哀公时，季康子为扩大势力，急欲吞并颛臾，从而谋取鲁国政权。季康子的家臣冉求和子路把这一情况通报给孔子，孔子表示反对的同时对二人进行批评教育。《季氏将伐颛臾》记录了这一场辩论（图1-2-2）。

这两篇作品旨在启示生于盛世的人们在享受安宁生活的同时还要时刻警惕潜在的危险，并积极做好准备。只有这样，才能最大限度地避免危险的发生。

撷英咀华

寡人之于国也

《孟子·梁惠王上》

微　课

梁惠王①曰："寡人之于国也，尽心焉耳矣②。河内凶③，则移其民于河东，移其粟于河内④；河东凶亦然。察邻

国之政，无如寡人之用心者。邻国之民不加少，寡人之民不加多⑤，何也？"

孟子对曰："王好战，请以战喻。填然鼓之⑥，兵刃既接⑦，弃甲曳兵而走⑧。或百步而后止⑨，或五十步而后止。以五十步笑百步，则何如？"

曰："不可，直不百步耳，是亦走也⑩。"

曰："王如知此，则无望民之多于邻国也⑪。"

"不违农时，谷不可胜食也⑫；数罟不入洿池⑬，鱼鳖不可胜食也；斧斤以时入山林⑭，材木不可胜用也。谷与鱼鳖不可胜食，材木不可胜用，是使民养生丧死无憾也⑮。养生丧死无憾，王道之始也⑯。"

"五亩之宅，树之以桑，五十者可以衣帛矣⑰。鸡豚狗彘之畜⑱，无失其时，七十者可以食肉矣。百亩之田⑲，勿夺其时，数口之家可以无饥矣；谨庠序之教⑳，申之以孝悌之义㉑，颁白者不负戴于道路矣㉒。七十者衣帛食肉，黎民不饥不寒㉓，然而不王者㉔，未之有也㉕。"

　　"狗彘食人食而不知检㉖，涂有饿莩而不知发㉗，人死，则曰：'非我也，岁也。'是何异于刺人而杀之㉘，曰：'非我也，兵也。'？王无罪岁㉙，斯天下之民至焉㉚。"

注 释

① 梁惠王：战国时期魏国的国君，姓魏，名罃（yīng）。因即位后迁都大梁，故又称梁惠王。"惠"是谥号。

② 焉：于是，兼词，起介词"于"和代词"是"的作用。耳矣：等于说"已矣"，"耳"和"矣"都是句尾语气词。

③ 河内：即黄河北岸土地，当今河南省济源市一带（一说沁县）。凶：谷物收成不好，荒年。

④ 河东：魏国境内的黄河东岸，当今山西省安邑县一带。粟：谷子，脱壳后称为小米，这里泛指粮食。

⑤ 加：更。

⑥ 填：象声词，形容鼓声。然：用于词尾。鼓，动词，击鼓。击鼓是进军的信号。

⑦ 兵：兵器。刃：锋刃，刀口，指锋利的兵器。既：已经。接：接触，交锋。

⑧ 弃：扔掉。甲：铠甲。曳：施着。走：跑，这里指逃跑。

⑨ 或：有的人。

⑩ 直：只是、不过。是：这，代词，指跑五十步的人。

⑪ 无：通"毋"，不要。下文"王无罪岁"的"无"同此。

⑫ 违：违背、违反。不可胜食：吃不完。胜（shēng）：尽。

⑬ 数（cù）：密，细。罟（gǔ）：网。洿（wū）池：指池塘。古时规定，网眼在四寸以下的叫作密网，禁止放在湖泊内捕鱼，意在保留鱼苗。

⑭ 斤：与斧相似，比斧小而刃横。以时：按照一定的季节、时节。砍伐树木宜在草木凋落、生长季节过后的时候进行。

⑮ 养生：供养活着的人。丧死：为死了的人办丧事。憾：遗憾，不满。

⑯ 王道：孟子理想中的政治，称为"王道"，与当时诸侯奉行的以武力统一天下的"霸道"相对。

⑰ 衣：用作动词，穿。帛：丝织品。

⑱ 豚（tún）：小猪。彘（zhì）：猪。畜（xù）：畜养，饲养。

⑲ 百亩之田：相传古代一个成年农民可分得一百亩田地。

⑳ 谨：谨慎从事，认真办好。庠（xiáng）序：古代的地方学校，殷代称"序"，周代称"庠"。教：教化。

㉑ 申：一而再，再而三。这里有反复训导的意思。孝：奉养父母。悌（tì）：敬

爱兄长。义：道理。

㉒ 颁白：颁通"斑"，须发半白，也写作
斑白。负：背。戴：头顶着东西。

㉓ 黎民：百姓。

㉔ 然：这样，指上两句所说。王（wàng）：
动词，统一天下而称王。

㉕ 未之有也：即未有之地，从来不曾有过
的。之：代词，宾语提前。

㉖ 检：制止、约束。

㉗ 涂：通"途"，道路。饿莩（piǎo）：饿
死的人。发：指打开粮仓，赈济百姓。

㉘ 是：代词，指上述情况。异：不同。

㉙ 无罪岁：不归罪于年成不好。无：同
"毋"，不要，表禁止的副词。岁：指一
年的农收。

㉚ 斯：则、那么。

文化赏析

　　孟子是继孔子之后最有声望的儒学大师，其学说的核心就是要讲"仁义"、行"仁政"，即实行"王道"。其理论基础就是民本思想，"保民而王"的主张是其思想的体现。《寡人之于国也》围绕"民不加多"和如何使"民加多"等一系列问题展开论述，探讨了如何实行"仁政"，以"王道"统一天下的问题。孟子运用"引君入彀"的方式，使梁惠王认识到他对自己国家的"尽心"之举并非真正爱民，与邻国之政并无实质的差别，然后运用比喻、类比等论证方式使梁惠王接受自己的观点。这篇著名的政事问答指出了梁惠王的治国疏漏，并提出了具体措施，体现了孟子的仁政思想。

　　《孟子》善用比喻和寓言来说理，论辩技巧十分高明，这在本文中有明显的体现。他善用各种诱敌就范的手法，文辞铺张扬厉，时露尖刻，喜用排比句、对偶句，连锁推理，层层推进，气势充沛。

各抒己见

　　本文的结构层次是什么？运用了哪些手法？请结合具体语句谈谈你的观点。

牛刀小试

牛刀小试

一、单选题

1. 下列注音或解释有误的一项是（　　）。

　A. 曳（yè）：拖着

　B. 畜（xù）：畜牲

　C. 彘（zhì）：猪

　D. 豚（tún）：小猪

2. 下列画线字的解释不正确的一组是（　　）。

　A. 树之以桑（活用作动词：种植）

　B. 吾爱孟夫子，风流天下闻（闻名）

　C. 王无罪岁（名词活用为动词：归罪、归咎）

　D. 塞源而欲流长者也（流动）

3. 下列句中画线处没有名词活用作动词一项是（　　）。

　A. 填然鼓之

　B. 黎民不饥不寒，然而不王者，未之有也

　C. 五十者可以衣帛矣

　D. 役聪明之耳目，亏无为之大道

4. 下列句子中画线字的解释不正确的一项是（　　）。

　A. 王无罪岁　　　　　　　　　　　罪：归咎，归罪

　B. 兵刃既接，弃甲曳兵而走　　　　兵：兵器、武器

　C. 数罟不入洿池　　　　　　　　　数：多次

　D. 涂有饿莩而不知发　　　　　　　发：指打开粮仓，赈济百姓

5. 在本文中，孟子认为王道的开端是（　　）。

　A. 不违农时

　B. 谨庠序之教

　C. 养生丧死无憾

　D. 数罟不入洿池

二、判断题

1. 梁惠王认为自己在治理国家方面已经费尽心力了，因为他在灾年能迁徙灾民、调运粮食、及时救荒。（　　）

2. 孟子通过五十步笑百步的故事，使梁惠王认识到他只是做了一些救灾的好事而已，但执政方式在本质上与邻国并没有区别。（　　）

3. 用"五十步笑百步"分析"民不加多"的原因，是类比论证。（　　）

4. "邻国之民不加少"与"数口之家可以无饥矣"的"之"字意义和用法相同。（　　）

5. 在本文中，孟子提出了自己关于治国理政的终极理想，即"使民养生丧死无憾也"。（　　）

三、翻译题

1. 不违农时，谷不可胜食也；数罟不入洿池，鱼鳖不可胜食也；斧斤以时入山林，材木不可胜用也。

_____

_____

2. 人死，则曰："非我也，岁也。"是何异于刺人而杀之，曰："非我也，兵也？"

_____

_____

史海钩沉

季氏将伐颛臾
《论语》

微　课

　　季氏将伐颛臾。冉有、季路见于孔子曰："季氏将有事于颛臾。"孔子曰："求！无乃尔是过与？夫颛臾，昔

图1-2-2　孔子论辩

者先王以为东蒙主，且在邦域之中矣，是社稷之臣也。何以伐为？"

　　冉有曰："夫子欲之，吾二臣者皆不欲也。"孔子曰："求！周任有言曰：'陈力就列，不能者止。'危而不持，颠而不扶，则将焉用彼相矣？且尔言过矣，虎兕出于柙，龟玉毁于椟中，是谁之过与？"

　　冉有曰："今夫颛臾，固而近于费。今不取，后世必为子孙忧。"孔子曰："求！君子疾夫舍曰'欲之'而必为之辞。丘也闻有国有家者，不患寡而患不均，不患贫而患不安。盖均无贫，和无寡，安无倾。夫如是，故远人不服，则修文德以来之。既来之，则安之。今由与求也，相夫子，远人不服，而不能来也；邦分崩离析，而

不能守也；而谋动干戈于邦内。吾恐季孙之忧，不在颛
臾，而在萧墙之内也。"

释　义

季孙氏准备攻打颛臾。冉有、季路拜见孔子，说："季孙氏准备对颛臾使用武力。"孔子说："冉有！这难道不应该责备你吗？颛臾，上代的君王曾经授权他主持东蒙山的祭祀，而且他的属地早在鲁国的境内，正是鲁国的臣属，为什么要攻打他呢？"

冉有说："季孙想要这么做，我们两个都不同意。"孔子说："冉有！周任有句话说：'如果能贡献自己的力量，就任职；如果不能，就不应担任该职务。'如果盲人遇到危险却不扶持，将要跌倒却不搀扶，那何必需要助手呢？况且你的话错了。老虎和犀牛从笼子里跑出来，龟甲和玉器在匣子里被毁坏了，这是谁的过错呢？"

冉有说："如今颛臾城墙坚固而且靠近费城（季孙的采邑），现在不攻取，一定会给子孙留下祸患。"孔子说："冉有！君子厌恶那种心里想得到，嘴上却不说，偏要编造借口的人。我听说，无论是诸侯还是士大夫，他们不怕财富不多，而怕分配不均匀；不担心人民太少，而担心境内不安定。若是财富分配公平合理，便无所谓贫穷；境内和睦团结，就不必担心人少；社会安定，国家就没有颠覆的危险。如果做到这样了，远方的人还不归服，便再完善德政教化使他归顺。他们来了之后，就使其安定下来。如今仲由和冉求辅佐季孙，远方的人不归服，也不能使他们归顺；国家四分五裂，不能保持稳定统一，反而要在境内使用武力。我恐怕季孙氏的忧虑不在颛臾，而是在萧墙之内（即鲁君）啊！"

视听链接

电视剧《三国演义·败走麦城》（1994年版）第59集

　　关羽战败后率余部将士向荆州进发，一路上连遭吴军阻击，关羽部众陷入重围，只好转道麦城等待救兵。随后吴军将麦城围住，吕蒙设计三面围城紧攻，关羽被迫弃城出走。关羽留王甫、周仓等坚守麦城，随后带领关平、赵累等冲出麦城直奔西川，准备日后再重整兵马恢复荆襄。走了四五里后，遭遇东吴朱然埋伏，关羽不敢恋战，往小路退走，而赵累已死于乱军之中。此时关羽所随士兵逐渐减少，只剩十余人。他不胜悲惶，令其子关平断后，自己在前开路。突然数道绊马索，终于绊倒赤兔马，关羽父子被吴将马忠擒住。一代名将关羽与其子关平便在雪后初晴之时大义凛然、步履从容地走向生命的终点。

　　看完视频后，你觉得关羽败走麦城的原因有哪些？请谈谈你的看法。

第三节　大同小康 国富民强

文化揽要

本节的精读篇目节选自《礼记·礼运》的《大同》，选读篇目节选自墨子的《尚同·下》。

《大同》描述了孔子的理想世界：大同世界，选贤举能，天下为公，没有战争，人们和睦相处，丰衣足食，安居乐业。该文层次清晰，语言典雅，把以天下为己任、以仁德为核心、以孝悌为宗旨、以人伦为基准的中华优秀传统文化揭示得明晰深邃，字显意蕴。其中谈及的对建设"大同""小康"社会的美好憧憬对后世影响极其深远，展现了儒家理想中政教清明、人民富裕安乐的社会形态（图1-3-1）。

墨子的"尚同"主张主要是指在任人唯贤的基础上，推选贤者仁人上位，使社会形成一种大家都认可并遵守的良好的价值理念，这样社会才有共识，国家才能得到治理。墨子认为君主要了解下情，这样才能赏善罚恶。墨子尚贤，以为这是政事之本。他特别反对君主任人唯亲，主张对于贤者应不拘出身，提出"官无常贵，民无终贱"的观点（图1-3-2）。

这两篇作品都描绘了大同社会的理想蓝图，对比赏析可对大同社会有更深入的体会与理解。

撷英咀华

大　同

《礼记·礼运》

微　课

昔者仲尼与于蜡宾①，事毕，出游于观之上②，喟然而叹③。仲尼之叹，盖叹鲁也④。言偃在侧⑤，曰："君子何叹？[6]"孔子曰："大道之行也[7]，与三代之英[8]，丘未之逮也[9]，而有志焉[10]。"

"大道之行也，天下为公[11]。选贤与能[12]，讲信修睦[13]。故人不独亲其亲[14]，不独子其子[15]，使老有所终[16]，壮有所用，幼有所长，矜寡孤独废疾者皆有所养[17]。男有分，女有归[18]。货恶其弃于地也[19]，不必藏于己；力恶其不出于身也[20]，不必为己。是故谋闭而不兴[21]，盗窃乱贼而不作[22]，故外户而不闭[23]。是谓大同。"

"今大道既隐[24]，天下为家[25]。各亲其亲，各子其子，货力为己。大人世及以为礼[26]，城郭沟池以为固[27]。礼义以为纪[28]，以正君臣[29]，以笃父子[30]，以睦兄弟[31]，以和夫妇[32]，以设制度，以立田里[33]，以贤勇知[34]，以功为己[35]。故谋用是作[36]，而兵由此起[37]。禹、汤、文、武、成王、周公，由此其选也[38]。此六君子者，未有不谨于礼者也[39]。以著其义[40]，以考其信[41]，著有过[42]，刑仁讲让[43]，示民有常[44]。如有不由此者[45]，在势者去[46]，众以为殃[47]。是谓小康[48]。"

图1—3—1　大同理想

注　释

① 与（yù）：参与，参加。蜡（zhà）：古代国君年终祭祀叫蜡。宾：指陪祭者。

② 观（guàn）：宗庙门外两旁的高建筑物。

③ 喟（kuì）：叹息声。

④ 盖：大概。

⑤ 言偃：孔子的弟子，姓言名偃，字子游。

⑥ 君子：指孔子。

⑦ 大道之行：指原始共产社会的那些准则。行：运行。

⑧ 三代：指夏、商、周。英：杰出的人物，这里指英明的君主，即禹、汤、文王、武王。

⑨ 逮（dài）：及，赶上。之：代词，指"大道之行与三代之英"的时代，是"逮"的宾语。

⑩ 有志焉：有志于此。

⑪ 天下为公：天下成为公共的。

⑫ 选贤与能：选拔有贤德与才能的人参与治理。一说，"与"应为"举"。能：能人。

⑬ 讲信：讲究信用。修睦：调整人与人之间的关系，以达到和睦。

⑭ 亲其亲：第一个"亲"用作动词，以……为亲。

⑮ 子其子：第一个"子"用作动词，以……为子。

⑯ 有所终：有善终。所：代词。

⑰ 矜（guān）：通"鳏"，无妻或丧偶的人。独：老而无子的人。

⑱ 分（fèn）：职分，职务。归：出嫁。

⑲ 货：财物。恶：担心。弃：遗弃，扔。

⑳ 力：力气。身：自身。

㉑ 谋：图谋，指奸诈之心。闭：闭塞。兴：起，生。

㉒ 乱：指造反。贼：指害人。作：发生。

㉓ 外户：用作动词，从外面把门合上。闭：插上门。

㉔ 隐：消逝不见。

㉕ 天下为家：天下成为私家的。

㉖ 大人：指天子诸侯。父亲把王位传给儿子叫"世"，哥哥把王位传给弟弟叫"及"。"世及"是介词"以"的宾语，此处前置。下两句同。

㉗ 沟池：指护城河。固：坚固。这里指赖以防守的建筑及工事。

㉘ 纪：纲纪，准则。

㉙ 以正君臣：以，介词，省略后面的宾语"之"。正，用作动词，使动用法，即"使……正常"。

㉚ 笃：使……纯厚。

㉛ 睦：使……和睦。

㉜ 和：使……和谐。

㉝ 里：住处。这里指有关田里的制度。

㉞ 贤：用作动词，意动用法。知：通"智"。贤勇智：把有勇有谋的人当作贤人。

㉟ 以功为己：为自己建功立业。

㊱ 用：由。作：起。"是"和"此"都代表上文"今大道既隐……以功为己"这段的情况。

㊲ 兵：指战乱。

㊳ 由此其选也：由，用。此，指礼义。选：选拔出来的人物，也就是杰出的人物。

㊴ 谨：谨慎。

㊵ 著：显露，表明。其：指下文"示民有常"的"民"。

㊶ 考：成全。

㊷ 著：彰明，有揭露的意思。

㊸ 刑：法则。讲：提倡。让：不争。刑仁：把合于仁德行为定位法则。

㊹ 常：常法，常规。

㊺ 由此：由，用。此，礼。指遵守礼法常规。

㊻ 势：有权势的人。去：黜退，罢免。

㊼ 眚：祸殃。

㊽ 小康：小安。小康对大同而言，含有不及"大同"的意思。

文化赏析

　　本文是《礼记·礼运》的开篇部分，孔子对鲁国的祭祀不满，因此"喟然而叹"。全文借子游的发问，论述了三皇五帝时代的社会治理方法，实际上反映了儒家的政治思想。尤其是"大同""小康"的社会愿景，对历代政治家、改革家都有深刻的影响。在"大道行之"的时代，天下为公，社会由贤能人士管理，人尽其能，人们没有自私自利之心，社会风气讲信和谐，整个社会的运行依靠人的美德来驱动，这就是古代儒家所宣传的理想社会——"大同"社会。而在"大道既隐"的时代，天下为家，人们各亲其亲、各自为己，整个社会的运行依靠礼法制度来协调维系，这是儒家理想中政教清明的"小康社会"。在孔子看来，三代之英时期曾经实现过"大同""小康"的理想社会，他为自己没赶上昔日的太平盛世而叹息，并表示了重建这两类社会的美好憧憬，要为"大道之行"而奋斗。

各抒己见

　　你认为当今我国社会发展的目标与文中所描述的"大同"和"小康"社会有什么异同？

牛刀小试

牛刀小试

一、单选题

1. "选贤与能"，画线字的正确解释是（　　）。

   A. 给予　　　B. 和　　　C. 推举　　　D. 让

2. "讲信修睦"，画线字的正确解释是（　　）。

   A. 修饰　　　B. 调整　　　C. 美好　　　D. 长

3. 下列字词中与"各亲其亲，各子其子，货力为己"中第一个
   "亲"字的用法不同的是（　　）。

   A. 邑人奇之，稍稍宾客其父　　　　　B. 侣鱼虾而友麋鹿

   C. 且庸人尚羞之，况将相乎?　　　　D. 男有分，女有归

4. "男有分，女有归"，画线字的正确解释是（　　）。

   A. 回来　　　B. 出嫁　　　C. 夫家　　　D. 回娘家

5. "盗窃乱贼而不作"，画线字的正确解释是（　　）。

   A. 动作　　　B. 劳作　　　C. 兴起　　　D. 故意生事

二、判断题

1. 《大同》一文选自《论语》。（　　）

2. 孔子认为"大同"与"小康"这两种社会形态最本质的区别是
   所有制形式。（　　）

3. "示民有常"中"常"字的意思是"经常"。（　　）

4. "昔者仲尼与于蜡宾"中"与"字的意思是"参加"。（　　）

5. 全文第三段阐述了"小康"社会产生的原因及其特征。（　　）

三、翻译题

1. 选贤与能，讲信修睦。

   _____

   _____

2.　以著其义，以考其信，著有过，刑仁讲让，示民有常。

_____

_____

史海钩沉

尚同·下（节选）

《墨子》

天下既已治，天子又总天下之义，以尚同于天。故当尚同之为说也，尚用之天子，可以治天下矣；中用之诸侯，可而治其国矣；小用之家君，可而治其家矣。是故大用之治天下而不窕，小用之治一国一家而不横者，若道之谓也。故曰治天下之国，若治一家；使天下之民，若使一夫。意独子墨子有此而先王无此，其有邪？则亦然也。圣王皆以尚同为政，故天下治。何以知其然也？于先王之书也《大誓》之言然，曰："小人见奸巧乃闻，不言也，发罪钧。"此言见淫辟不以告者，其罪亦犹淫辟者也。

故古之圣王治天下也，其所差论，以自左右羽翼者皆良，外为之人，助之视听者众。故与人谋事，先人得之；与人举事，先人成之；光誉令闻，先人发之。唯信身而从事，故利若此。古者有语焉，曰："一目之视也，不若二目之视也；一耳之听也，不若二耳之听也；一手之操也，不若二手之强也。"夫唯能信身而从事，故利若此。是故古之圣王之治天下也，千里之外有贤人焉，其乡里之人皆未之均闻见也，圣王得而赏之；千里之内有暴人焉，其乡里之人未之均闻见也，圣王得而罚之。故唯毋以圣王为聪耳明目与？岂能一视而通见千里之外

图 1-3-2　墨子讲学

哉？一听而通闻千里之外哉？圣王不往而视也，不就而听也。然而使天下之为寇乱盗贼者，周流天下无所重足而立者，何也？其以尚同为政善也。

是故子墨子曰："凡使民尚同者，爱民不疾，民无可使，曰：'必疾爱而使之，致信而持之，富贵以道其前，明罚以率其后。'为政若此，唯欲毋与我同，将不可得也。"是以子

墨子曰："今天下王公大人士君子，中情将欲为仁义，求为上士，上欲中圣王之道，下欲中国家百姓之利，故当尚同之说，而不可不察。尚同，为政之本，而治国之要也。"

释 义

天下已经治理了，天子又统一天下的道理，用来上同于天。所以"尚同"作为一种主张，它上可用之于天子，用来治理天下；中可用之于诸侯，用来治理他的国家；小可用之于家长，用来治理他的家族。所以大用之于治理天下而不会不足，小用之于治理一国一家也无不顺利，说的就是尚同这个道理。所以说：治理天下、国家，就如同治理一个家庭，任用天下的百姓就像任用一个人一样。难道只有墨子有这个主张，而先王就没有吗？先王也是这样的。圣王都用尚同的原则治理政务，所以天下得到了治理。从何知道是这样的呢？先王的书《大誓》里这样说过："看到奸诈虚伪的事而不报告的，他的罪行与作奸犯科者均等。"这说的就是看到淫僻之事而不报告的，他的罪行也和淫僻者一样。

所以古时候圣明的君王治理天下，他选择在自己身边辅佐的人都是贤良之人，在外做事的人、帮他察看和倾听的人很多。所以他和大家一起谋划事情，

总是先于别人知道；和别人一起做事，总是先于别人成功；他的荣誉和美名要比别人先得到传扬。只有相信这些然后做事，才能得到像这样的好处。古时候有这样的说法："一只眼睛看到的，不如两只眼睛看得清楚；一个耳朵听到的，不如两个耳朵听得清楚；一只手拿东西不如两只手力气大。"只有相信这些然后做事，才能得到像这样的好处。所以古时候圣明的君王治理天下，如果千里之外的地方有贤良的人，那乡里的人还没都听说或见到，圣明的君王已经知道并且奖赏他了；如果在千里之外的地方有残暴的人，那乡里的人还没都听说或见到，圣明的君王已经知道并且惩罚他了。所以都认为圣王是耳聪目明的人吧？难道圣王一眼就能看到千里之外的事情、一听就能听到千里之外的事情吗？圣明的君王不去就能看到，不靠近就能听到，可以使寇盗流贼走遍天下都没有立足的地方，这是为什么呢？这是用尚同治理国家的好处。

因此墨子说："凡是想让人们统一于上的，如果爱民之心并不深切，那么百姓就无法驱使。这就是说：一定要切实爱护人民，诚信对待人民，用富贵在前引导，以严明的惩罚在后督促。像这样执政，即使不想让民众与我一致，也是不可能的。"所以墨子说："现在天下的王公、大人、士君子们，如果心中确实想奉行仁义，追求做上士，上要符合圣王之道，下要符合国家百姓之利，那么不可不对尚同这一主张予以审察。尚同是施政的根本，是统治的关键。"

视听链接

纪录片《走遍中国·义门传奇》

在江西省九江市德安县庐山脚下，考古专家发现了一个存在于唐宋时期，延续三百余年的乌托邦社会——义门陈。它拥有很多理想社会的典型特征，比如共同劳动、平均分配、公共育儿、公共养老等，在这样的环境下，陈氏家族的人勤勉自律、和睦友善、至公无私，其中"一犬不至，百犬不食"的故事广为流传，《中国姓氏通书》将此誉为"义门陈氏天下奇，百犬同槽奇中奇"。

在看完视频后，请据此谈谈你的看法。

第四节　故土乡愁 思归情切

文化揽要

本节的精读篇目为《诗经》的《采薇》，选读篇目为王粲的《登楼赋》。

《采薇》是一首表现服役士兵生活情感的诗（图1-4-1）。诗中既有乡思的痛苦，也有卫国的自豪，感情比较复杂，体现出戍边战士的心理特征。通过描述士兵归途中的心理活动，展现征战、久戍、往返的全过程，将叙事与抒情紧密结合，整体构思独到。最末一章将抒情融于景物描写之中，意蕴悠长，备受后人称誉。

《登楼赋》作于王粲流寓荆州之时，由于他长期不被重用，心情极为抑郁苦闷，登楼之际，百感交集，因而写下这一著名的抒情赋作（图1-4-2）。文章先概言遭逢"纷浊"，飘零"逾纪"，忧思难任；接着写其凭轩开怀，极目望乡之情和山遮水阻、"修迥""壅隔"之悲；后以孔子叹归、钟仪楚奏、庄舄越吟等典故，说明思乡之情不因穷达异心。全文情意深切缱绻，不啻为抒写怀乡之绝作。

这两篇作品都展现了对故土的眷恋，表达了对动乱时局的忧虑和对安定生活的向往。内容精练，情思丰腴，读之可感受其深切情谊。

撷英咀华

采　薇

《诗经》

采薇采薇，薇亦作止^①。
曰归曰归，岁亦莫止^②。

靡室靡家，猃狁之故③。
不遑启居，猃狁之故④。
采薇采薇，薇亦柔止⑤。
曰归曰归，心亦忧止。
忧心烈烈，载饥载渴⑥。
我戍未定，靡使归聘⑦。
采薇采薇，薇亦刚止⑧。
曰归曰归，岁亦阳止⑨。
王事靡盬，不遑启处⑩。
忧心孔疚，我行不来⑪。
彼尔维何，维常之华⑫。
彼路斯何，君子之车⑬。
戎车既驾，四牡业业⑭。
岂敢定居，一月三捷⑮。
驾彼四牡，四牡骙骙⑯。
君子所依，小人所腓⑰。
四牡翼翼，象弭鱼服⑱。
岂不日戒，猃狁孔棘⑲。
昔我往矣，杨柳依依⑳。
今我来思，雨雪霏霏㉑。
行道迟迟，载渴载饥㉒。
我心伤悲，莫知我哀㉓。

图 1-4-1 归途唱叹

注　释

① 薇：野生豌豆，嫩苗可食。亦、止：均为语气助词，无实义。作：起，开始，指薇菜冒出地面。

② 曰：说。莫：通"暮"，也读作"暮"，本文指年末。

③ 靡（mǐ）室靡家：没有正常的家庭生活。靡，无。室，与"家"义同。猃（xiǎn）狁（yǔn）：我国北方部族名，一作"猃允"。

④ 不遑（huáng）：没有闲暇。遑，闲暇。启居：安居休息。启：跪坐。居：安坐、安居。

⑤ 柔：柔嫩，指刚长出来的薇菜柔嫩的样子。

⑥ 烈烈：火势猛烈的样子，形容忧心如焚。载（zài）渴载饥：又渴又饿。

⑦ 戍（shù）：防守，这里指驻防的地点。聘（pìn）：探问、问候。

⑧ 刚：坚硬，这里指薇的茎叶长大变老、变硬了。

⑨ 阳：夏历十月。岁亦阳止：岁月到了十月了。

⑩ 盬（gǔ）：停止。启处：休整，休息，与"启居"同义。

⑪ 孔：甚，很。疚：痛苦。来：归来，回家。我行不来：恐怕永远回不去了。

⑫ 常：常棣，即棠棣，一种木本植物，花开时向下垂。华：同"花"。

⑬ 路：同"辂"（lù），高大的战车。斯何：与"维何"同义。君子：指将帅。

⑭ 戎（róng）：车，兵车。既：已经。驾：把车套在马身上。牡（mǔ）：雄马。业业：高大的样子。

⑮ 定居：犹言安居。捷：同"接"，指与敌人接战、交战。

⑯ 骙骙（kuí）：雄强，威武，这里是指马匹强壮的意思。

⑰ 小人：指士兵。腓（féi）：庇护，掩护。

⑱ 翼翼：行列整齐的样子。象弭：用象牙装饰两端的弓。弭：弓两端系弓弦的地方。鱼服：用鱼皮制的箭袋。服：同"箙"，箭袋。

⑲ 日戒：日日警惕戒备。孔棘：很紧急。棘：通"急"。

⑳ 昔：从前，文中指离家出征时。依依：形容柳丝轻柔、随风摇曳的样子。

㉑ 思：语气助词，无实义。雨（yù）雪：下雪，雨是动词。霏（fēi）霏：雪花纷落的样子。

㉒ 行道：行路。迟迟：迟缓的样子。载：又。

㉓ "我心"二句：我的心里好难过啊，没有人理解我的悲伤！

文化赏析

这是《诗经》中的名篇，诗中人物的心态矛盾复杂：有矢志卫国与痛苦思家的矛盾；有戎马倥偬、一月三捷与希求过安定生活的矛盾；有战罢还乡时的百感交集；更有因离家已久，不知家中情况而产生的千万思绪。但作者平时表露得更多的是同仇敌忾，思乡情结只是深藏心底，所以才会有"莫知我哀"的感叹。这些矛盾交织令诗中战士的形象更加血肉丰满，感情也特别真挚动人。

这首诗末段脍炙人口。东晋的谢玄极其欣赏"昔我往矣"等四句，认为是《诗经》中的最佳之作（《世说新语·文学》）。清代王夫之说，这是"以乐景写哀，以哀景写乐，一倍增其哀乐"的反衬法的典范（《姜斋诗话》）。这四句不但写出了当年出征与现在归来两个不同季节的景色，而且还以象征手法，表达了这一往一来之间，诗中主人公在年纪、心境等方面的巨大变化：当年年轻力壮，意气风发，有如春光烂漫；现在年华逝去，百虑交前，恰似岁暮严冬。在这里，对比的使用增加了语言表现力，突出了诗歌的主题。

各抒己见

"昔我往矣，杨柳依依。今我来思，雨雪霏霏。"这一句在艺术手法上有什么妙处？请谈谈你的看法。

牛刀小试

牛刀小试

一、单选题

1. "采薇采薇，薇亦作止"中"作"字的意思是（　　）。

   A. 作业　　　B. 生长　　　C. 生机　　　D. 做

2. "戎车既驾，四牡业业"中"业业"的释义为（　　）。

   A. 高大的样子　　　　B. 整齐的样子

   C. 缓慢的样子　　　　D. 逃窜的样子

3. "君子所依，小人所腓"中"小人"的释义为（ ）。

   A. 小孩子　　　　　　　B. 道德品质有污点的人

   C. 士兵　　　　　　　　D. 谦称

4. "昔我往矣，杨柳依依。今我来思，雨雪霏霏"一句采用的修辞是（ ）。

   A. 比喻　　　B. 对比　　　C. 拟人　　　D. 排比

5. "昔年种柳，依依汉南；今看摇落，凄怆江潭。树犹如此，人何以堪"一句与"昔我往矣，杨柳依依。今我来思，雨雪霏霏"在意境上有异曲同工之妙，前一句出自谁之口？（ ）

   A. 殷仲文　　B. 桓温　　　C. 石崇　　　D. 曹操

二、判断题

1. "采薇采薇，薇亦作止。曰归曰归，岁亦莫止"中"止"字无实义。（ ）

2. "昔我往矣，杨柳依依。今我来思，雨雪霏霏"一句采用了夸张的修辞手法。（ ）

3. 《采薇》表达了远征的战士对家乡亲人的思念之情，同时也表达了对战争的反对和厌恶之情。（ ）

4. "依依"既写出杨柳随风摇曳的样子，又写出了战士对家乡的眷恋之情。（ ）

5. 《采薇》属于《诗经》之中"国风"里的一首诗歌。（ ）

三、翻译题

1. 彼尔维何，维常之华。彼路斯何，君子之车。

   _____

   _____

2. 昔我往矣，杨柳依依。今我来思，雨雪霏霏。

   _____

   _____

登楼赋

东汉·王粲

　　登兹楼以四望兮，聊暇日以销忧。览斯宇之所处兮，实显敞而寡仇。挟清漳之通浦兮，倚曲沮之长洲。背坟衍之广陆兮，临皋隰之沃流。北弥陶牧，西接昭丘。华实蔽野，黍稷盈畴。虽信美而非吾土兮，曾何足以少留！

　　遭纷浊而迁逝兮，漫逾纪以迄今。情眷眷而怀归兮，孰忧思之可任？凭轩槛以遥望兮，向北风而开襟。平原远而极目兮，蔽荆山之高岑。路逶迤而修迥兮，川既漾而济深。悲旧乡之壅隔兮，涕横坠而弗禁。昔尼父之在陈兮，有归欤之叹音。钟仪幽而楚奏兮，庄舄显而越吟。人情同于怀土兮，岂穷达而异心？

图 1－4－2　登楼感怀

惟日月之逾迈兮，俟河清其未极。冀王道之一平兮，假高衢而骋力。惧匏瓜之徒悬兮，畏井渫之莫食。步栖迟以徙倚兮，白日忽其将匿。风萧瑟而并兴兮，天惨惨而无色。兽狂顾以求群兮，鸟相鸣而举翼。原野阒其无人兮，征夫行而未息。心凄怆以感发兮，意忉怛而惨恻。循阶除而下降兮，气交愤于胸臆。夜参半而不寐兮，怅盘桓以反侧。

释　义

我缓缓登上这座楼四面眺望啊，暂且在闲暇的时光消愁解忧。我仔细地观察城楼所在的地势，实在是明亮宽敞、天下少有。城楼临近流淌着清澈漳水的支流啊，倚靠着曲折的沮水边上的长洲。背靠着又高又平的广阔陆地啊，俯临着低洼的可供灌溉的河流。向北可以远达陶朱公放牧的原野，西边连接着楚昭王的陵墓。繁花硕果遮蔽了原野，庄稼谷物布满了田地。地方虽然美好但不是我的家乡啊，我怎么能在这里逗留！

我因为遭遇乱世迁徙流亡到荆州啊，直到今天，已度过了漫长的十二年。思归故乡的感情绵长深切啊，谁能够经受得起这样的忧思？我扶倚着门窗前的栏杆远望啊，敞开衣襟，迎着故乡吹来的北风。北方的平原辽阔广大，我极目眺望啊，却被高高的荆山遮蔽了视线。归去的道路曲折遥远啊，河水宽阔无边、深不可测。悲叹故乡被阻隔，泪水潸潸而落，悲痛难忍。昔日孔子在陈国的时候，曾经发出过"返回故乡"的感叹，钟仪被囚禁在晋国而演奏楚国的乐曲，做楚国显官的庄舄仍说家乡越国的方言。怀念故土的思想感情人人都有啊，怎么会因失意或得志而表现不同？

光阴似箭啊，天下太平却遥遥无期。我殷切期望着社会统一安定啊，在太平盛世施展自己的才能。担心像葫芦瓢一样徒然挂在那里不被任用，或如清澈的井水不被饮用。随意漫步徘徊，太阳很快便落下去了。萧瑟的寒风骤起，天色也迅速变得阴暗。野兽慌忙地寻找兽群，禽鸟也纷纷啼叫着振翅飞翔。田野很安静没有游人，只剩征夫还在不停地赶路。我的心中一片悲凉，被悲伤和哀痛填满。顺着阶梯走到楼下，愤郁之情仍无法平复。直到夜半时分还是不能入眠，辗转反侧也无法进入梦乡。

视听链接

乐曲《胡笳十八拍》

《胡笳十八拍》是古乐府琴曲歌辞，一章为一拍，共十八章，故有此名，反映的主题是"文姬归汉"的故事。据传此曲为蔡文姬作，是中国古代十大名曲之一。叙述了蔡文姬战乱中被掳、胡地思乡、忍痛别子归汉的悲惨遭遇，堪称感人泣下的千古绝唱。南宋遗民诗人汪元亮曾为身在狱中的文天祥弹奏《胡笳十八拍》，以叙国破之哀恨。这一时期，《胡笳十八拍》在南宋的旧臣遗民间很快流传开来。根据《琴书大全》的记载，此曲引起了空前的反响。

请你聆听此乐曲，谈谈最让你感动的是哪个章节，并简要说明理由。

书海泛舟

1. 班固《苏武传》

2. 刘基《郁离子》

3. 余秋雨《遥远的绝响》

4. 鲁迅《魏晋风度文章与药及酒之关系》

专题二 仁爱共济 立己达人

致知、诚意、正心、修身、齐家、治国、平天下，这是儒家学说的精髓所在，也是传统知识分子尊崇的信条。它以自我完善为基础，进而实现整治家庭、治理国家的目标。本专题对经典作品进行赏析，帮助学生体悟中华优秀传统文化中的仁爱之心、浩然正气，了解古代知识分子在个人修养、家庭教育、社会责任等方面的追求，学习古代家风家教的典范。

在对经典篇目字、词、句进行研读的基础上，提升学生对文学作品的鉴赏能力，引导学生正确处理个人与自我、个人与他人、个人与社会的关系，学会读书善思、修身养德、关爱他人、奉献社会，培育集体主义精神和尊老爱幼的意识，养成明德修心、仁爱共济、热心公益的良好品格，传承和弘扬中华民族传统美德。

第一节　知行合一 循序渐进

文化揽要

本节精读篇目节选自《传习录·上》，选读篇目节选自《荀子·修身》。

《传习录》是阐述王阳明（图2-1-1）哲学思想的语录和论学书信集，内容集中反映了王阳明对宋代陆九渊心学的继承和发展。这是一部简明而有代表性的哲学著作，不但全面阐述了王阳明的主要思想，也体现了其辩证的授课方法，以及生动活泼、善于用譬、常带机锋的语言艺术，是研究王阳明思想及心学发展的重要资料。选读文段阐释了求知要用敬工夫，进德修业皆是先求充实，然后才能通达。

荀子（图2-1-2）是战国时期的思想家、教育家，时人尊而号为"卿"。他反对天命鬼神说，提出人定胜天的观念，重视环境和教育对人的影响。《荀子·修身》一文论述了提高品德修养的方法和意义，指出修身不是一件容易的事，要达到完满的境界，必须持之以恒。而深明法度真义是修身的基础，依法度行事才能体现出修养的魅力。

这两篇作品都体现了修养身心、完善自我要渐积而前、循序渐进的道理，这对当代人快节奏、重功利的浮躁心态有着较强的警示作用。

撷英咀华

传习录·上（节选）

明·王阳明

微课

问："知识不长进，如何？"

先生曰："为学须有本原①，须从本原上用力，渐渐盈科②而进。仙家③说婴儿亦善譬，婴儿在母腹时，只是

纯气④，有何知识？出胎后方始能啼，既而后能笑，又
既而后能认识其父母兄弟，又既而后能立、能行、能持、
能负⑤，卒⑥乃天下之事无不可能。皆是精气日足，则筋
力日强，聪明日开，不是出胎日便讲求推寻得来，故须
有个本原。圣人到位天地、育万物⑦，也只从喜怒哀乐
未发之中⑧上养来。后儒不明格物之说，见圣人无不知、
无不能，便欲于初下手时讲求得尽，岂有此理？"

又曰："立志用功，如种树然⑨。方其根芽，犹未有
干；及其有干，尚未有枝；枝而后叶，叶而后花实。初
种根时，只管栽培灌溉，勿作枝想⑩，勿作叶想，勿作
花想，勿作实想。悬想⑪何益？但不忘栽培之功，怕没
有枝叶花实？"

图2-1-1 王阳明讲学

注　释

① 本原：根本。木根称本，"原"与"源"通。

② 盈科：水灌满坑洼，喻充盈。

③ 仙家：神仙家，指信奉神仙、修炼之说的道教方士。

④ 纯气：纯一的精气。

⑤ 持：手提。负：肩背。

⑥ 卒：最终。

⑦ 位天地、育万物：语出自《礼记·中庸》，意为天地各安其位，养育万物。

王阳明认为是圣人的功绩，使天地静泰、各安其位，万物得以生长发育。

⑧ 喜怒哀乐未发之中：喜怒哀乐未发之时，人心虚静，胸无杂虑，故称为"中"，语见《礼记·中庸》。

⑨ 然：那样。

⑩ 勿作枝想：不要去想树枝。以下三句句式相同。

⑪ 悬想：空想。

文化赏析

　　选文论述了求学必须从根本上用力的道理。王阳明以婴儿的长大成人为喻，说明成年人的知识与能力是循序渐进、逐步积累起来的。求学的人仰慕古代圣贤无所不知、无所不能，希望自己也能成为那样的人，这种愿望固然很好，但如果想在朝夕间穷尽世上的道理，那就违反了事物的发展规律。为此，王阳明又以种树为喻，希望学生们学习时要专注于此，只求耕耘，不问收获，一旦水土肥沃、根枝苗壮，自然会有果实，学业也会通达。这也许是一个浅显的道理，但在快餐文化盛行的今天，人们容易被浮躁蒙蔽了双眼，而王阳明的这段论述值得我们静下心来体悟。

各抒己见

　　在5G时代，信息的获取更迅速、更便捷，但也更碎片化、社群化。请结合王阳明的这段论述，谈谈如何才能静心用功、有所收获。

牛刀小试

牛刀小试

一、单选题

1. 下列句子中加横线的字词的解释不正确的一项是（　　）。

   A. 苶乃天下之事无不可能　　　　苶：死亡

   B. 悬想何益　　　　　　　　　　悬想：空想

   C. 累土而不辍　　　　　　　　　辍：停止

   D. 道虽迩　　　　　　　　　　　迩：近

2. 王阳明是心学的集大成者，他主要是承续了哪位哲学家的思想？（　　）

   A. 程颐　　B. 程颢　　C. 朱熹　　D. 陆九渊

3. 《传习录》的编写体例是（　　）。

   A. 纪传体　　B. 国别体　　C. 笔记体　　D. 语录体

4. 下列不属于王阳明的思想的是（　　）。

   A. 格物致知　　　　　　B. 心即理也

   C. 知行合一　　　　　　D. 致良知

5. "无善无恶心之体，有善有恶意之动，知善知恶是良知，为善去恶是格物。"这是谁的观点？（　　）

   A. 程颐　　B. 程颢　　C. 朱熹　　D. 王阳明

二、判断题

1. 《传习录》是王阳明的著作，由王阳明的门人弟子对其语录和信件进行整理编撰而成。（　　）

2. 王阳明是政治家、思想家。（　　）

3. 王阳明的"四句教"是"勿作枝想，勿作叶想，勿作花想，勿作实想"。（　　）

4. "破山中贼易，破心中贼难"是王阳明的观点。（　　）

5. 王阳明认为"知"是"良知"，也就是内心，"行"是"实践"，"知"与"行"是一体的。（　　）

三、翻译题

立志用功，如种树然。方其根芽，犹未有干；及其有干，尚未有枝；枝而后叶，叶而后花实。初种根时，只管栽培灌溉，勿作枝想，勿作叶想，勿作花想，勿作实想。悬想何益？

_____

_____

史海钩沉

修身（节选）

荀子

　　夫骥一日而千里，驽马十驾，则亦及之矣。将以穷无穷，逐无极与？其折骨绝筋，终身不可以相及也。将有所止之，则千里虽远，亦或迟或速，或先或后，胡为乎其不可以相及也？不识步道者，将以穷无穷，逐无极与？意亦

图2-1-2　荀子讲学

有所止之与？夫坚白同异，有厚无厚之察，非不察也，然
而君子不辩，止之也。倚魁之行，非不难也，然而君子不
行，止之也。故学曰："迟，彼止而待我，我行而就之，则
亦或迟或速，或先或后，胡为乎其不可以同至也？"故蹞
步而不休，跛鳖千里；累土而不辍，丘山崇成。厌其源，
开其渎，江河可竭。一进一退，一左一右，六骥不致。彼
人之才性之相县也，岂若跛鳖之与六骥足哉？然而跛鳖致
之，六骥不致，是无它故焉，或为之，或不为之耳。道虽
迩，不行不至；事虽小，不为不成。其为人也，多暇日者，
其出入不远矣。

释　义

千里马一天能奔跑千里，劣马跑十天也能赶上它了。如果用有限的气力去
穷尽无尽的路途，追赶起来没完没了，那么即使劣马跑断了骨头、走断了脚
筋，一辈子也无法赶上千里马。如果有个终点，那么千里的路程虽然很遥远，
也不过是跑得快点、慢点，到得早点、晚点而已，为什么说劣马追赶不上千里
马呢？不懂得行路的人，是用有限的力量去追逐那无限的目标？还是也有一定
的范围和限度呢？那些对"坚白""同异""有厚无厚"等命题的考查，不是不
能详审细究，然而君子不辩论它们，是因为有所节制。那些怪异的行为，并不
是不能责难，但是君子并不去责难，也是因为有所节制。所以学者说："当别
人停下来等待我的时候，我就努力追赶，这样或慢或快，或早或晚，怎么不能
一同到达目的地呢？"所以只要一步一步不停地走，那么即使瘸了腿的甲鱼也
能行走千里；泥土一直堆积的话，山丘也能够堆成；堵塞水源，开通沟渠，即
使是江河也会枯竭；一会儿前进，一会儿后退，一会儿向左，一会儿向右，就
算是六匹千里马拉车也不能到达目的地。至于人的资质，即使相距悬殊，难道
会像瘸了腿的甲鱼和六匹千里马那样悬殊吗？然而瘸了腿的甲鱼能够到达目的
地，六匹千里马拉的车却不能到达，这并没有其他的原因，只不过是有的去

做，有的不去做罢了。路程虽然很近，但如果不走就不能到达；事情虽然很小，但不做就不能完成。那些无所事事的人，他们是不可能超过别人的。

视听链接

纪录片《"两弹一星"功勋科学家》

"两弹一星"最初是指原子弹、导弹和人造卫星。"两弹"中的一弹是原子弹，后来演变为原子弹和氢弹的合称；另一弹是指导弹；"一星"则是人造地球卫星。1964年10月16日，我国第一颗原子弹爆炸成功；1967年6月17日，我国第一颗氢弹爆炸成功；1970年4月24日，我国第一颗人造卫星"东方红一号"发射成功。中国的"两弹一星"是20世纪六七十年代中华民族创建的辉煌伟业，是科技实力发展的标志性事件，同时也是中国在科技、军事等领域独立自主、团结协作、创新发展的成果。正如邓小平同志所言："如果60年代以来中国没有原子弹、氢弹，没有发射卫星，中国就不能叫有重要影响的大国，就没有现在这样的国际地位。这些东西反映一个民族的能力，也是一个民族、一个国家兴旺发达的标志。"而在"两弹一星"成功的背后，是一大批优秀的科技工作者，他们怀着对新中国的满腔热爱，义无反顾地投身于这一伟大事业中。

看完纪录片，请你谈谈"两弹一星"功勋科学家具有什么样的精神？

第二节　仁者爱人 推己及人

文化揽要

　　本节精读篇目为《孟子·离娄下》的第二十八章，选读篇目节选自《墨子·兼爱》的第二十节。

　　孟子（图2-2-1）的仁爱是在孔子的仁爱的基础上发展而来的，它以人性本善为理论前提，这使得儒家的仁爱思想有所依凭、言之有据。对于如何推行仁爱，孟子则讲得更具体，他倡导在施政上体现仁爱，即推行仁政。孟子推动了儒家仁爱思想的发展，最大贡献在于他突破了仁爱的狭隘范畴，由人及物，由近及远，把仁爱思想推广到一个新的高度，将其发展为实践的原则，指出"仁者以其所爱及其所不爱"，并特别提出了仁民的概念，把民作为仁的施发对象，这为仁政提供了基础，具有重要的政治意义。

　　兼爱是墨家学派最有代表性的理论。所谓兼爱，本质就是要求人们爱人如爱己，彼此之间不要存在血缘与等级差别的观念，而仁义则是兼爱的表现。墨子（图2-2-2）认为，不相爱是当时社会混乱的最大原因，只有"兼相爱，交相利"，才能实现社会的安定、和谐。这种理论具有反抗等级观念的进步意义，但同时也带有强烈的理想色彩。

　　通过赏析作品，学习儒家、墨家的相关思想，我们可以更加深入地理解中华优秀传统文化对于中国人看待人际关系、社会责任等方面的重要影响。

撷英咀华

离娄·下（节选）

《孟子》

　　孟子曰："君子所以异于人者，以其存心也。君子以

图2-2-1　孟子

仁存心，以礼存心。仁者爱人，有礼者敬人。爱人者，人恒爱之；敬人者，人恒敬之。有人于此，其待我以横逆①，则君子必自反②也：我必不仁也，必无礼也，此物奚宜至哉？③其自反而仁矣，自反而有礼矣，其横逆由是也④，君子必自反也：我必不忠。自反而忠矣，其横逆由是也，君子曰：'此亦妄人也已矣。如此，则与禽兽奚择⑤哉？于禽兽又何难⑥焉？'是故君子有终身之忧，无一朝之患也。乃若所忧则有之。舜，人也；我，亦人也。舜为法⑦于天下，可传于后世；我由未免为乡人也，是则可忧也。忧之如何？如舜而已矣⑧。若夫君子所患则亡矣，非仁无为也，非礼无行也。如有一朝之患，则君子不患矣⑨。"

注　释

① 横逆：粗暴，不讲道理。

② 自反：反省自己。

③ "此物"句：为什么会用这种态度对待我呢？

④ 由：通"犹"。由是也：还是这样。下文中"我由未免为乡人也"的"由"亦同。

⑤ 择：区别。

⑥ 难：责备。

⑦ 法：典范，榜样。

⑧ "如舜"句：像舜那样做就可以了。

⑨ "如有"句：如果有暂时的忧患，那君子也不担心。

文化赏析

孟子认为，君子不同于一般人的地方，就在于他居心于仁、居心于礼。君子有仁爱、恭敬之心，因此别人也爱他、恭敬他。这里涉及的是为人处世的方法，以及由此带来的人际关系问题。

在孟子看来，君子为人处世离不开仁和礼。"仁"是儒家重要的伦理规范之一。仁就是"爱人"，就是"克己复礼"，其核心是孝悌，即孝敬父母，敬爱兄弟。所以孔子"爱人"的实质是以爱血缘之亲为基础，进而推广去爱其他人，后来孟子表述得更形象，即"老吾老，以及人之老；幼吾幼，以及人之幼"（《梁惠王上》）。"礼"也是儒家重要的伦理规范之一。孔子认为礼是个人在社会立足的根本，一个人要"兴于诗，立于礼，成于乐"（《论语·泰伯》），"不知礼，无以立也"（《论语·尧曰》）。可以说，仁是对人内在道德修养的要求，礼是对人外在行为规范的要求，仁和礼共同构成了儒家伦理道德的核心。所以孟子强调君子要"以仁存心，以礼存心"，把二者视为为人处世的基础。中国历来是礼仪之邦，讲究宽以待人、以礼待人，只有如君子般心存礼义，爱护、尊敬他人，才有可能得到别人的尊重和喜爱。人际交往中的得失有着微妙的平衡，人总是希望得到的多、失去的少，但若只想着从别人身上得到而不想付出，那么得失之间微妙的平衡就会被破坏。在现代社会，我们虽不能期望每人都以"圣人"的标准要求自己，但基本的爱心和礼节规范是必不可少的。孟子的这种"仁者爱人"的观点，将"仁"由"爱亲之为仁"的血缘之爱扩展为更广泛的人类之爱，对于人际交往有着重要的意义。

各抒己见

你如何理解孟子的仁爱思想？

牛刀小试

牛刀小试

一、单选题

1. 下面不属于孟子的主张的一项是（   ）。

    A. 老吾老，以及人之老；幼吾幼，以及人之幼

    B. 故天将降大任于是人也，必先苦其心志，劳其筋骨，饿其
体肤

    C. 己所不欲，勿施于人

    D. 富贵不能淫，贫贱不能移，威武不能屈

2. 孔子是儒家学派创始人，因其在文化上贡献卓著，所以又被誉
为（   ）。

    A. 文圣   B. 至圣先师

    C. 亚圣公   D. 邹国公

3. 《孟子·尽心章句上》第二十节中所谈的"三乐"不包括（   ）。

    A. 父母俱存，兄弟无故

    B. 仰不愧于天，俯不怍于人

    C. 得天下英才而教育之

    D. 得道者多助，失道者寡助

4. 孟子的思想不包括下面哪一项（   ）。

    A. 性善论   B. 仁政

    C. 民贵君轻   D. 兼爱

5. 下面解释不正确的是（   ）。

    A. 说（yuè）：通"悦"，高兴、喜悦

    B. 横（héng）逆：横流逆行

    C. 愠（yùn）：恼怒、怨恨

    D. 怍（zuò）：惭愧、愧疚

二、判断题

1. 《论语》主要谈的是人的道德修养。（   ）

2. 孔子被认为是儒家学派的创始人。（   ）

3. 《论语》中的君子，有时指有德者，有时指在学问等方面有造诣的人。（　　）

4. 孟子与孔子的孙子子思并称为思孟学派。（　　）

5. 孟子被后世尊称为亚圣公。（　　）

三、翻译题

1. 仁者爱人，有礼者敬人。爱人者，人恒爱之；敬人者，人恒敬之。

_____

_____

2. 如此，则与禽兽奚择哉？于禽兽又何难焉？

_____

_____

史海钩沉

兼爱·上（节选）
《墨子》

　　圣人以治天下为事者也，必知乱之所自起，焉能治之；不知乱之所自起，则不能治。譬之如医之攻人之疾者然，必知疾之所自起，焉能攻之；不知疾之所自起，则弗能攻。治乱者何独不然？必知乱之所自起，焉能治之；不知乱之所自起，则弗能治。

　　圣人以治天下为事者也，不可不察乱之所自起。当察乱何自起？起不相爱。臣子之不孝君父，所谓乱也。子自爱，不爱父，故亏父而自利；弟自爱，不爱兄，故亏兄而自利；臣自爱，不爱君，故亏君而自利，此所谓乱也。虽父之不慈子，兄之不慈弟，君之不慈臣，此亦天下之所谓乱也。父自爱也不爱子，故亏子而自利；兄自爱也不爱弟，故亏弟而自利；君自爱也不爱臣，故亏臣而自利。是何也？皆起不相爱。虽至天下之为盗贼者，亦然，盗爱其室，不爱其异室，故窃异室以利其室；贼爱其身，不爱人，故贼人以利其身。此何也？皆起不相爱。虽至大夫之相乱家、诸侯之相攻国者，亦然。大夫各爱其家，不爱异家，故乱异家以利其家；诸侯各爱其国，不爱异国，故攻异国以利其国，天下之乱物具此而已矣。察此何自起？皆起不相爱。

若使天下兼相爱，爱人若爱其身，犹有不孝者乎？视父兄与君若其身，恶施不孝？犹有不慈者乎？视弟、子与臣若其身，恶施不慈？故不孝不慈亡有。犹有盗贼乎？故视人之室若其室，谁窃？视人身若其身，谁贼？故盗贼亡有。犹有大夫之相乱家、诸侯之相攻国者乎？视人家若其家，谁乱？视人国若其国，谁攻？故大夫之相乱家、诸侯之相攻国者亡有。若使天下兼相爱，国与国不相攻，家与家不相乱，盗贼无有，君臣父子皆能孝慈，若此则天下治。故圣人以治天下为事者，恶得不禁恶而劝爱。故天下兼相爱则治，交相恶则乱。故子墨子曰："不可以不劝爱人者，此也。"

图2-2-2　墨子

释　义

　　圣人是把治理天下当作职责的人，因此必须知道混乱产生的原因，才能对它进行治理。如果不知道混乱从哪里产生，就无法进行治理。这就好像医生给人治病一样，必须知道疾病产生的根源，才能进行医治。如果不知道疾病产生的根源，就无法医治。治理混乱的人又何尝不是这样，必须知道混乱产生的根源，才能进行治理。如果不知道混乱产生的根源，就无法治理。

　　圣人是把治理天下当作职责的人，不可不考察混乱产生的根源。应当考察混乱为何兴起，起于人与人之间不敬爱。臣与子不孝敬君和父，这就是混乱。儿子爱自己而不爱父亲，因而损害父亲而使自己获利；弟弟爱自己而不爱兄长，因而损害兄长而使自己获利；臣子爱自己而不爱君主，因而损害君主而使自己获利，这就是混乱。父亲不慈爱儿子，兄长不慈爱弟弟，君主不慈爱臣子，这也是天下混乱。父亲爱自己而不爱儿子，所以损害儿子而使自己获利；兄长爱自己而不爱弟弟，所以损害弟弟而使自己获利；君主爱自己而不爱臣子，所以损害臣子而使自己获利。这是为什么呢？都是起于不相爱。即使是盗贼也是这样。小偷只爱自己的家，不爱别人的家，所以偷窃别人的家而使自己家获利；强盗只爱自身，不爱别人，所以抢劫别人而使自己获利。这是什么原因呢？都起于不相爱。即使大夫攻击彼此的家族，诸侯相互攻伐封国，也是这样。大夫各自爱惜自己的家族，不爱惜别人的家族，所以攻击别人的家族而使自己的家族获利；诸侯各自爱惜自己的封地，不爱惜别人的封地，所以攻伐别人的封地而使自己的封地获利。天下的动乱都是这样罢了。这些事情为什么会发生呢？都起于人们不相爱。

　　假若天下都能相亲相爱，爱别人就像爱自己，还能有不孝的人吗？看待父亲、兄弟和君主像看待自己一样，怎么会做出不孝的事呢？还会有不慈爱的吗？看待弟弟、儿子与臣子像看待自己一样，怎么会做出不慈的事呢？所以不孝不慈都没有了。还会有盗贼吗？看待别人的家像看待自己的家一样，谁会盗窃？看待别人就像看待自己一样，谁会害人？所以盗贼没有了。还有大夫相互侵扰家族、诸侯相互攻伐封国吗？看待别人的家族就像看待自己的家族，谁会侵犯？看待别人的封国就像看待自己的封国，谁会攻伐？所以大夫相互侵扰家族、诸侯相互攻伐封国的情况都没有了。假若天下的人都相亲相爱，国家与国家不相互攻伐，家族与家族不相互侵扰，盗贼没有了，君臣父子间都能孝敬慈爱，像这样，天下就能得到很好的治理。所以圣人既然是把治理天下当作职责的人，怎么能不禁止人们相互仇恨而劝导他们彼此相爱呢？天下的人相亲相爱才会安定，相互憎恶则会混乱。所以墨子说："不能不劝导人们爱别人，道理就在于此。"

视听链接

电视剧《三国演义·携民渡江》（1994年版）　第29集

　　刘备、诸葛亮在新野大败曹军之后移驻在樊城，曹操为了报仇，兵分八路，亲自率军杀奔樊城。曹军势大，刘备兵微将寡，樊城池浅城薄，诸葛亮料定抵挡不住，便劝刘备放弃樊城，渡过汉水，往襄阳退去。刘备不忍抛弃跟随多时的百姓，就派人在城中告知："曹兵将至，孤城不可久守，百姓愿随者，可一同过江。"城中百姓听闻后宁死相随。刘备便令关羽在江边整顿船只，渡百姓过江。百姓拖家带口、扶老携幼、号泣而行，两岸哭声不绝。但因人数众多，且老幼皆有，所以刘备一行只能缓慢转移，最终被曹操的精骑追上，有了长坂坡之败。

　　观看本集剧情后，请你谈谈"立大业"和"民为本"之间是否存在冲突？你是如何看待刘备的仁爱之心的？

第三节　家风家道 继承发扬

文化揽要

　　本节的精读篇目为朱熹的《与长子受之》，选读篇目为颜之推的《颜氏家训·教子篇》。

　　朱熹（图2-3-1）是南宋时期的理学家，与程颐、程颢合称为程朱，他总结了宋代理学思想，建立了庞大的理学体系，是理学的集大成者，其思想被尊奉为官学，本人被尊称为朱子。他曾在建阳云谷晦庵草堂讲学，校订的《大学》《中庸》《论语》《孟子》四书成为后代科举应试科目。《与长子受之》是朱熹写给其长子的一封家书，在这封书信里，朱熹以"穷理、正心、修己、治人"为根本，告诫其子要敦厚忠信、见贤思齐。

　　颜之推（图2-3-2）是中国古代著名的文学家。《颜氏家训》是南北朝时期重要的散文作品，是颜之推为了用儒家思想教育子孙，以保持家庭传统与地位而写出的一部系统完整的家庭教育书籍，这是他关于士大夫立身、治家、处事、为学的经验总结，在封建家庭教育发展史上有重要的影响，后世称此书为"家教规范"。《颜氏家训·教子篇》认为，教育的对象主要是中等资质之人，只有多加指导和鼓励，才能使其成才。这个观点与孔子提出的"生而知之者，上也；学而知之者，次也；困而学之，又其次也；困而不学，民斯为下矣"的观点在内在逻辑上近似。

　　这两篇作品作为我国古代家庭教育的范文，对于我们今天树立良好家风、家教仍有重要的借鉴意义，同时对于个人的成长和发展有鞭策和警示作用。

擷英咀华

与长子受之（节选）^①

南宋·朱熹

早晚授业请益^②随众例，不得怠慢。日间思索有疑，用册子随手札记^③，候见质问^④，不得放过。所闻诲语，归安下处^⑤，思省切要之言，逐日札记，归且要看。见好文字，亦录取^⑥归来。

不得自擅出入，与人往还^⑦。初到，问先生有合见者见之，不合见则不必往。人来相见，亦启禀，然后往报^⑧之，此外不得出入一步。居处须是居敬^⑨，不得倨肆^⑩惰慢。言语须要谛当^⑪，不得戏笑喧哗。

凡事谦恭，不得尚气凌人，自取耻辱。

不得饮酒，荒思废业，亦恐言语差错，失己忤^⑫人，尤当深戒。

不可言人过恶^⑬，及说人家长短是非。有来告者，亦勿酬答^⑭。（于先生之前，尤不可说同学之短。）

交游之间，尤当审择^⑮，虽是同学，亦不可无亲疏之辨。此皆当请于先生，听其所教。大凡敦厚忠信，能攻^⑯吾过者，益友也；其谄谀轻薄，傲慢亵狎^⑰，导人为恶者，损友也。推此求之，亦自合^⑱见得五七分，更问以审之，百无所失矣。但恐志趣卑凡^⑲，不能克己从善，则益者不期疏而日远，损者不期近而日亲。此需痛加检点而矫革^⑳之，不可荏苒渐习，自趋小人之域^㉑。如此则虽有贤师长，亦无救拔自家处矣^㉒。

见人嘉言行，则敬慕而纪录之；见人好文字胜己者，则借来熟看，或传录之而咨问之，思与之齐而后已。（不拘老少，惟善是取。）

　　以上数条，切宜谨守。其所未及，亦可据此推广。大抵只是勤谨二字，循之而上，有无限好事，吾虽未敢言，而窃为汝愿之[23]。反之而下，有无限不好事，吾虽不欲言，而未免为汝忧之也。

　　盖[24]汝若好学，在家足可读书作文，讲明义理[25]，不待[26]远离膝下，千里从师。汝既不能如此，即是自不好学，已无可望之理。然今遣汝者，恐汝在家汩[27]于俗务，不得专意；又父子之间，不欲昼夜督责，及无朋友闻见，故令汝一行。汝若到彼，能奋然勇为，力改故习，一味勤谨，则吾犹有望。不然，则徒劳费，只与在家一般。他日归来，又只是旧时伎俩[28]人物，不知汝将以何面目归见父母亲戚、乡党故旧耶？

　　念之念之，夙兴夜寐，无忝[29]尔所生，在此一行，千万努力。

图2-3-1　朱熹教子

注　释

① 又名《与长子塾至婺州从学帖》，是朱
熹送其长子朱塾到婺州求学时，特地写
下的一封家书。

② 请益：向老师提问、请教。

③ 札记：记录读书时的心得体会。

④ 质问：询问。

⑤ 安下处：安歇处，住处。

⑥ 录取：记录摘取。

⑦ 往还：交往。

⑧ 报：告知。

⑨ 居处：指平日的仪容举止。居敬：指持
身恭敬。

⑩ 倨肆：傲慢放肆。倨：傲慢。

⑪ 谛当：恰当。

⑫ 忤：触犯。

⑬ 过恶：错误。

⑭ 酬答：应答。

⑮ 审择：审察选择。

⑯ 攻：指责。

⑰ 亵狎：轻慢，不庄重。

⑱ 自合：自应。合：应该。

⑲ 卑凡：浅陋平庸。

⑳ 矫革：矫正、革除。

㉑ 域：引申为事物达到的程度、境界。

㉒ 救拔：拯救。处：指办法。

㉓ 窃：私下。愿：祝愿。

㉔ 盖：语气词，多用于句首。

㉕ 义理：指讲求经义、探究名理的学问。

㉖ 不待：不用。

㉗ 汨：沉迷。

㉘ 伎俩：原指不正当的手段，这里指行
为、本领。

㉙ 忝（tiǎn）：辱没他人而自己有愧。

文化赏析

　　朱熹在这封书信里，着重谈了尊师、交友、做人、勤学等问题。在交友上，他提出慎重交友，要交"敦厚忠信，能攻吾过"的益友，要远离"谄谀轻薄，傲慢亵狎，导人为恶"的损友，要避免沾染恶习。在做人上，他要求儿子"居处"要"居敬"，为人要谦恭；不得饮酒，荒废学业；不可言人是非长短。朱熹告诫其子要勤学、勤问、谨起居、慎言谈、慎交友，表达了《与长子受之》中"有德者，年虽下于我，我必尊之；不肖者，年虽高于我，我必远之"这一"不拘老少，惟善是取"的求学原则，同时这也体现了道德至上的思想。

各抒己见

你觉得朱熹的家训在今天有无实际意义？请畅所欲言，发表自己的看法。

牛刀小试

牛刀小试

一、单选题

1. 下列句子中对画线字的解释不正确的一项是（　　）。

   A. 洒扫庭除　　　　　　　　除：清扫

   B. 须加温恤　　　　　　　　恤：同情

   C. 须分多润寡　　　　　　　润：安抚

   D. 匿怨而用暗箭　　　　　　匿：隐藏

2. 下列各组中，画线虚词的意义和用法相同的一组是（　　）。

   A. 莫贪意外之财　　　　　　庸知其年之先后生于吾乎

   B. 器具质而洁　　　　　　　序八州而朝同列

   C. 屈志老成，急则可相依　　故木受绳则直，金就砺则利

   D. 为人若此，庶乎近焉　　　君子博学而日参省乎己

3. “故”字有“所以，因此”“故意”“老朋友”“旧有的，原来的”这几种意思，请选出表示“老朋友”的选项是（　　）。

   A. 力改故习

   B. 故令汝一行

   C. 不知汝将何面目归见父母亲戚乡党故旧耶

   D. 故弄玄虚

4. 对本文主旨理解最恰当的一项是（　　）。

   A. 劝诫儿子珍惜时间，不要虚度人生

   B. 批评儿子不求上进，学业无成

   C. 希望儿子改掉旧习，发愤学习，有所作为

   D. 想让儿子摆脱家庭，改变学习环境

5. 四大书院中位于江西并且因朱熹讲学而闻名的书院是（　　）。

A. 白鹿洞书院

B. 石鼓书院

C. 应天府书院

D. 岳麓书院

二、判断题

1. 朱熹的理学思想影响很大，成为元、明、清三朝的官方哲学。
   （　　）

2. 朱熹校订的《大学》《中庸》《论语》《孟子》四书成为后代科举应试科目。（　　）

3. "盖汝若好学，在家足可读书作文，讲明义理，不待远离膝下，千里从师。"这句说明朱熹认为自己的儿子并不好学。（　　）

4. "然今遣汝者，恐汝在家汩于俗务，不得专意"一句中"俗务"指的是家庭琐事。（　　）

5. "夙兴夜寐，无忝尔所生，在此一行，千万努力。"该句语气温和，展现了一个谆谆教诲的父亲形象。（　　）

三、翻译题

1. 居处须是居敬，不得倨肆惰慢。

_____

_____

2. 大凡敦厚忠信，能攻吾过者，益友也。

_____

_____

史海钩沉

颜氏家训·教子篇

南北朝·颜之推

上智不教而成，下愚虽教无益，中庸之人，不教不知也。古者，圣王有胎教之法，怀子三月，出居别宫，目不邪视，耳不妄听，音声滋味，以礼节之。书之玉版，藏诸金匮。生子咳嗳，师保固明孝仁礼义，导习之矣。凡庶纵不能尔，当及婴稚，识人颜色，知人喜怒，便加教诲，使为则为，使止则止。比及数岁，可省笞罚。父母威严而有慈，则子女畏慎而生孝矣。

吾见世间无教而有爱，每不能然，饮食运为，恣其所欲，宜诫翻奖，应诃反笑，至有识知，谓法当尔。骄慢已习，方复制之，捶挞至死而无威，忿怒日隆而增怨，逮于成长，终为败德。孔子云"少成若天性，习惯如自然"是也。俗谚曰："教妇初来，教儿婴孩。"诚哉斯语！

凡人不能教子女者，亦非欲陷其罪恶；但重于诃怒伤其颜色，不忍楚挞惨其肌肤耳。当以疾病为谕，安得不用汤药针艾救之哉？又宜思勤督训者，可愿苛虐于骨肉乎？诚不得已也。

王大司马母魏夫人，性甚严正。王在湓城时，为三千人将，年逾四十，少不如意，犹捶挞之，故能成其勋业。梁元帝时，有一学士，聪敏有才，为父所宠，失于教义。一言之是，遍于行路，终年誉之；一行之非，掩藏文饰，冀其自改。年登婚宦，暴慢日滋，竟以言语不择，为周逖抽肠衅鼓云。

父子之严，不可以狎；骨肉之爱，不可以简。简则慈孝不接，狎则怠慢生焉。由命士以上，父子异宫，此不狎之道也；抑搔痒痛，悬衾箧枕，此不简之教也。或问曰："陈亢喜闻君子之远其子，何谓也？"对曰："有是也。盖君子之不亲教其子也。《诗》有讽刺之辞，《礼》有嫌疑之诫，《书》有悖乱之事，《春秋》有邪僻之讥，《易》有备物之象。皆非父子之可通言，故不亲授耳。"

齐武成帝子琅邪王，太子母弟也，生而聪慧，帝及后并笃爱之，衣服饮食，与东宫相准。帝每面称之曰："此黠儿也，当有所成。"及太子即位，王居别宫，礼数优僭，不与诸王等；太后犹谓不足，常以为言。年十许岁，骄恣无节，器服玩好，必拟乘舆；尝朝南殿，见典御进新冰，钩盾献早李，还索不得，遂大怒，诟曰："至尊已有，我何意无？"不知分齐，率皆如此。识者多有叔段、州吁之讥。后嫌宰相，遂矫诏斩之，又惧有救，乃勒麾下军士，防守殿门；既无反心，受劳而罢，后竟坐此幽薨。

图2-3-2 颜之推教子

　　人之爱子，罕亦能均；自古及今，此弊多矣。贤俊者自可赏爱，顽鲁者亦当矜怜。有偏宠者，虽欲以厚之，更所以祸之。共叔之死，母实为之；赵王之戮，父实使之。刘表之倾宗覆族，袁绍之地裂兵亡，可为灵龟明鉴也。

　　齐朝有一士大夫，尝谓吾曰："我有一儿，年已十七，颇晓书疏。教其鲜卑语及弹琵琶，稍欲通解，以此伏事公卿，无不宠爱，亦要事也。"吾时俛而不答。异哉，此人之教子也！若由此业，自致卿相，亦不愿汝曹为之。

释　义

　　智力超群的人，不用教育他就能成才；智力愚钝的人，即便教育他再多也无济于事；智力中等的人，不教育他就不会明白事理。古时候的圣王有进行胎教的做法：后妃怀孕到三个月的时候，就要搬到专门的房间，不看不干净的东西，不听不好的声音，音乐、饮食都按照礼法加以节制。这种胎教的方法还写在玉版上，藏进金柜里。胎儿尚在婴儿时期，就让师保给他讲孝、仁、礼、义的道理。普通平民纵然不能做到这样，也应当在孩子知道识人脸色、懂得喜怒时，开始对他进行教诲，叫他去做他就能去做，叫他不做他就不会去做。这样等到他长大后，就可不必对他鞭打惩罚了。当父母的平时既威严又慈爱，子女就会敬畏、谨慎，从而产生孝心。

　　我见到世上那些不知教育、只是溺爱子女的父母，往往做不到这一点。他们对子女的饮食言行，总是任意放纵，本应告诫子女的，反而奖励；本应呵责，反而面露笑容，等到子女懂事时，他还认为自己的错误行为理所当然。子女骄横傲慢的习气已经养成了，方才想起制止它，纵使鞭打得再严厉也难以树立威信，父母日益加剧地向孩子发泄愤怒只会增加孩子的怨恨，等到他长大后，终究是道德败坏之人。孔子说"从小养成的习惯就像天性，习惯了就成为很自然的事"，这是很有道理的。俗话说："教育媳妇要在她刚来的时候，教育孩子要在他小的时候。"这句话一点都不假啊！

普通人不能教育好子女，并不是想让子女去犯罪，只是不愿意看到子女受责骂而脸色沮丧，不忍心子女因挨打而遭受皮肉之苦罢了。这应该用治病来比喻，子女生了病，父母怎么能不用汤药、针艾去救治他们呢？也应该想一想那些勤于督促训导子女的父母，难道他们愿意刻薄凌虐自己的亲骨肉吗？实在是不得已啊！

大司马王僧辩的母亲魏老夫人，品性十分严厉正直。王僧辩在湓城时，是三千士卒的统帅，年纪四十多岁了，但只要稍有让母亲不如意的言行，老夫人就用鞭棒教训他，所以王僧辩才能成就功业。梁元帝时，有一位学士聪明有才气，从小被父亲宠爱，疏于管教。他若一句话说得有道理，他的父亲能让过往的行人都知晓，一年到头都称赞他；他若某件事做错了，他的父亲就为他百般遮掩，希望他能自行改正。他到了求学求官、成婚娶妻的年龄后，凶暴傲慢的习气与日俱增，最终因为言语放肆被周逖抽出肠子，并用他的血涂抹战鼓。

父子之间要严肃，不应该过分狎昵；骨肉之间要相亲相爱，不可以简慢。简慢了，就谈不上慈爱孝敬；如果过分狎昵，那么孩子对父亲就失去了尊敬。古代士大夫阶层以上的人，父子之间都是分室居住的，这就是不过分狎昵的办法。当晚辈的替长辈抓搔止痒、收拾卧具，这就是讲究礼节、不简慢。有人要问："陈亢听到君子与自己的孩子保持距离的事，感到很高兴，这是为什么呢？"我要回答说："这是有道理的，君子是不会亲自教授自己孩子的。因为《诗经》里面有讽刺的言辞，《礼记》里面有不便言传的训诫，《尚书》里面有悖礼作乱的记载，《春秋》里面有对淫乱的指责，《周易》里面有备物致用的卦象，这些都是不便由父亲直接向自己孩子讲述的，因此君子不亲自教授自己的孩子。"

北齐武成帝的儿子琅邪王高俨，是太子高纬的同母弟弟，小时候就聪明伶俐，武成帝和皇后对他十分宠爱。他的衣服、饮食与太子高纬没有什么区别。武成帝常当面称赞他说："这孩子很聪明，将来会有所成就的。"等到太子继位后，琅邪王就移居于别的宫殿，他的待遇仍然十分优厚，远远超过了其他诸王。皇太后还觉得不够，常常念叨这件事。琅邪王十岁左右的时候，骄横放肆，毫无节制，器用、服饰、珍奇玩物一定要和皇帝相比。他曾到南殿朝见，看见皇上的近侍典御进献新出的冰块、钩盾进献新出的李子，回去后就派人索要，未能如愿后就大发脾气，怒骂道："皇帝已经有了，为什么我没有？"不知分寸、不守本分，差不多就是这个样子。有识之人都讥讽他像共叔段、州吁一样不懂得君臣之礼。后来，琅邪王因嫌恶宰相，就假传圣旨杀掉他，又担心皇帝知道后会下旨解救，于是命令手下军士防守殿门。因他并无反叛之心，听了几句劝勉的话就撤了兵，但后来终究还是因为此事被密令处死。

人们疼爱自己的孩子，却很少有能够做到一视同仁的。从古到今，这方面的弊端实在太多了。聪颖伶俐又漂亮的孩子当然值得赏识和喜爱，对待顽劣愚笨的孩子也应该予以怜悯关心。那些偏宠孩子的人，虽然是想厚待他，结果却害了他。春秋时共叔段的死，实际是他母亲造成的；西汉赵王如意被杀，实际是他的父亲造成的。其他如刘表的宗族覆灭，袁绍的领地分裂，这些事例都可以作为历史的明鉴。

齐朝有一位士大夫，曾经对我说："我有个孩子，现在已经17岁了，颇通晓奏疏、信札，教他讲鲜卑语、弹奏琵琶，稍加点拨他就学会了，将来用这些本领侍奉王公贵族，没有人会不宠爱他，这也是一件紧要的事啊。"我当时低着头，没有给予回应，心里想这个人教育孩子的方法真令人诧异啊！如果凭这些本领取媚于人，即便能当上宰相，我也不希望你们这样做。

视听链接

《开讲啦：朱和平——信仰的力量》

他是一个有着四十多年党龄的电子科技专家，他研究的领域正是电子技术在军事中的运用，另外他还是朱德元帅的孙子，他就是空军少将、空军指挥学院副院长——朱和平先生。在节目中，朱院长分享了很多关于朱德元帅的故事和为人处世的原则，同时也分享了朱子家训及其内涵。作为一名老党员，朱院长提醒现在的青年人要把握自己的信仰高地，为后代传承优秀的家风、家训和家规。

看完视频后，请结合自己家的家风谈谈你的想法。

第四节　倡廉惩贪 风清气正

文化揽要

本节精读篇目为《包拯传》，选自《宋史》；选读篇目为《赐绢代罚》，选自《旧唐书·长孙顺德传》。

《包拯传》记述了包拯（图2-4-1）一生中的主要事迹。他在北宋史上的地位并不高，但由于执法严峻、不畏权贵、明察秋毫、抨击邪恶、兴利除弊，而被后人特别是民间赞为"包青天"，影响颇大。宋仁宗皇祐三年（1051），包拯52岁，仍在朝廷担任谏院长官，负有向皇帝进谏和纠察百官过失的职责。他给皇帝上了一道奏章，即《乞不用赃吏疏》，深刻阐述了贪污腐败的危害，鲜明地提出了制止贪赃的主张，展现了疾恶如仇、刚正不阿的精神。

《赐绢代罚》记载的是长孙顺德接受他人赠送丝绢的故事，事情被发觉后，唐太宗（图2-4-2）通过"复赐之绢"的做法使长孙顺德自己认识到错误。唐太宗这样做实际上是明赏暗罚，故意让长孙顺德感到羞耻、难堪，体现了其执政手段的高明、圆润。同时也说明，一个人无论地位有多高、功劳有多大，都应该严格自律，时刻约束自己。

通过学习这两篇作品，我们可以看到廉政传统在中国古代政治文化中的体现，结合当下的时代背景，领会廉政建设的重要性和必要性，同时涵养浩然正气，提高思想意识。

包拯传（节选）

《宋史》

包拯字希仁，庐州合肥人也。

……

知天长县。有盗割人牛舌者，主来诉。拯曰："第归，杀而鬻①之。"寻复有来告私杀牛者，拯曰："何为割牛舌而又告之？"盗惊服②。徙③知端州，迁殿中丞。端土产砚，前守缘贡④，率取数十倍以遗权贵⑤。拯命制者才足贡数，岁满不持一砚归。

……

徙江宁府，召权知开封府，迁右司郎中。拯立朝刚毅，贵戚宦官为之敛手⑥，闻者皆惮之，人以包拯笑比黄河清。童稚妇女亦知其名，呼曰"包待制"。京师为之语曰："关节不到，有阎罗包老⑦。"旧制，凡讼诉不得径造庭下。拯开正门，使得至前陈曲直，吏不敢欺。中官势族筑园榭，侵惠民河，以故河塞不通，适京师大水，拯乃悉毁去。或持地券自言有伪增步数者，皆审验劾奏之。

迁谏议大夫、权御史中丞。奏曰："东宫虚位日久，天下以为忧，陛下持久不决，何也？"仁宗曰："卿欲谁立？"拯曰："臣不才备位，乞豫建太子者，为宗庙万世计也。陛下问臣欲谁立，是疑臣也。臣行年七十，且无子，非邀福⑧者。"帝喜曰："徐⑨当议之。"请裁抑内侍，减节冗费，条责诸路监司，御史府得自举属官，减一岁休暇日，事皆施行。

图2-4-1　包拯

张方平为三司使，坐买豪民产，拯劾奏罢之；而宋祁代方平，拯又论⑩之；祁罢，而拯以枢密直学士权三司使。欧阳修言："拯所谓牵牛蹊⑪田而夺之牛，罚已重矣，又贪其富，不亦甚乎！"拯因家居避命⑫，久之乃出。其在三司，凡诸管库供上物，旧皆科⑬率外郡，积以困民，拯特为置场和市，民得无扰。吏负钱帛多缧⑭系，间辄逃去，并械⑮其妻子者，类皆释之。迁给事中，为三司使。数日，拜枢密副使。顷之，迁礼部侍郎，辞不受，寻以疾卒，年六十四。赠礼部尚书，谥孝肃。

拯性峭直，恶吏苛刻，务敦厚，虽甚嫉恶，而未尝不推以忠恕也。与人不苟合⑯，不伪辞色悦人，平居无私书，故人、亲党皆绝⑰之。虽贵，衣服、器用、饮食如布衣时。尝曰："后世子孙仕宦，有犯赃⑱者，不得放归本家，死不得葬大茔⑲中。不从吾志，非吾子若孙也。"

注　释

① 鬻（yù）：卖。

② 当时官府规定，百姓不许私自杀牛，牛的主人却被允许杀牛卖肉，这是包拯故意为之。不久后有一个人赶来状告牛的主人私自杀牛，包拯断定这个告状的人就是偷割牛舌的小偷。

③ 徙：迁移，引申为调任。

④ 缘贡：借进贡的机会。

⑤ 率：都，总是。遗（wèi）：送。

⑥ 敛手：收敛。

⑦ "关节" 两句：不需要贿赂官吏，有清官包拯为你撑腰。

⑧ 邀福：为自己与后代邀宠。

⑨ 徐：慢慢。

⑩ 论：弹劾。

⑪ 蹊：踩踏。

⑫ 避命：回避代理三司的任命。

⑬ 科：征收。

⑭ 缧（léi）：捆绑犯人的绳索。

⑮ 械：戴上刑具。

⑯ 苟合：附和。

⑰ 绝：断绝往来。

⑱ 犯赃：贪污犯罪。

⑲ 茔（yíng）：墓地。

文化赏析

文章节选了《宋史·包拯传》里的几个经典情节：开篇通过"割舌诬告"一事展现了包拯智谋过人；接着写"徙知端州，岁满不持一砚归"展现了他的清廉；"开正门，陈曲直""裁内侍，减冗费""弹劾张方平"等情节，充分展示了他公正无私、性格刚烈、兴利除弊、不畏权贵等特点。文末写包拯生性峭直、疾恶如仇，对人不迁就、为人不虚伪，却又恶苛刻、务敦厚、忠恕待人。这一段记载很有意思，它使我们看到一个完整的包拯形象，让我们感受到包拯是很有人情味的，并非只有一副铁面孔和硬心肠。

各抒己见

宋代以来，包拯在民间的影响为什么越来越大？廉政建设对于当今社会有何重要意义？

牛刀小试

牛刀小试

一、单选题

1. 文中加线句子停顿正确的一项是（　　）。

A. 臣不才 / 备位乞豫建太子者 / 为宗庙万世计也 / 陛下问臣欲谁

立/是疑臣也/臣年七十/且无子/非邀福者

  B. 臣不才备位/乞豫建太子者/为宗庙万世计也/陛下问臣/欲
谁立是/疑臣也/臣年七十/且无子/非邀福者

  C. 臣不才/备位乞豫建太子者/为宗庙万世计也/陛下问臣/欲
谁立是/疑臣也/臣年七十/且无子/非邀福者

  D. 臣不才备位/乞豫建太子者/为宗庙万世计也/陛下问臣欲谁
立/是疑臣也/臣年七十/且无子/非邀福者

2. 下列语句中画横线的字解释有误的一项是（　　）。

  A. <u>第</u>归，杀而鬻之　　　　　　　第：接着

  B. 率取数十倍以<u>遗</u>权贵　　　　　　遗：馈赠

  C. 凡诉讼不得径<u>造</u>庭下　　　　　　造：到，往

  D. 并<u>械</u>其妻子者，类皆释之　　　　械：戴上刑具

3. 下列对原文内容分析不正确的一项是（　　）。

  A. 包拯巧用妙计智破盗割牛舌案，他让牛主人不动声色地回
去杀了牛卖掉，等着告发者自动送上门，这个做法连盗贼
都吃惊佩服。

  B. 朝中官员望族私筑园林楼榭，侵占河道致使其堵塞不通，正
逢京城发大水，包拯就将那些园林楼榭全部拆毁。

  C. 欧阳修认为，采取如《左传》中所说那种"牵牛踩别人的
地，然后把别人的牛抢过来"的重罚正是包拯执法严明的
体现。

  D. 负欠公家钱帛的官吏多被拘禁了，其间擅自逃离的，官府
就会把他们的妻儿抓起来，包拯却把这些人都给放了。

4. 下列句子不属于判断句的一句是（　　）。

  A. 廉颇者，赵之良将也

  B. 有盗割人牛舌者，主来诉

  C. 秦，虎狼之国

  D. 包拯，字希仁，庐州合肥人也

5. 下列戏剧作品中没有包拯这一角色的是哪一项？（　　）

　　A.《铡美案》　　　　　　B.《灰阑记》

　　C.《陈州粜米》　　　　　D.《花打朝》

二、判断题

1. 皇帝问包拯想要立谁为太子，是信任包拯，想听听他的想法。（　　）

2. 包拯是北宋著名的廉官，被后世誉为"包青天"。（　　）

3. 《乞不用赃吏疏》是包拯担任监察御史时所作的奏疏。（　　）

4. 包拯是一个铁面无私的官员，他不畏权贵、不苟言笑、兴利除弊。（　　）

5. 文中欧阳修言："拯所谓牵牛蹊田而夺之牛，罚已重矣，又贪其富，不亦甚乎！"这是对包拯表示肯定。（　　）

三、翻译题

1. 其在三司，凡诸管库供上物，旧皆科率外郡，积以困民。

_____

_____

2. 拯性峭直，恶吏苛刻，务敦厚，虽甚嫉恶，而未尝不推以忠恕也。

_____

_____

史海钩沉

赐绢代罚

《旧唐书·长孙顺德传》

　　武德九年，（长孙顺德）与秦叔宝等讨建成余党于玄武门。太宗践祚，真食千二百户，特赐以宫女，每宿内省。

图2-4-2　李世民

后顺德监奴受人馈绢事发，太宗谓近臣曰："顺德地居外
戚，功即元勋，位高爵厚，足称富贵。若能勤览古今，以
自鉴诫，弘益我国家者，朕当与之同有府库耳。何乃不遵
名节，而贪冒发闻乎！"然惜其功，不忍加罪，遂于殿庭
赐绢数十匹，以愧其心。大理少卿胡演进曰："顺德枉法受
财，罪不可恕，奈何又赐之绢？"太宗曰："人生性灵，得
绢甚于刑戮；如不知愧，一禽兽耳，杀之何益！"

释　义

武德九年，长孙顺德同秦叔宝等人一起在玄武门讨伐了李建成的残余党
羽。唐太宗登上皇位后，赏给他真食一千二百户，还特别赏赐一些宫女给他，
他常常在宫禁中留宿。后来长孙顺德收受别人贿赂丝绢的事被揭发了，唐太宗
对左右亲近的官员们说："长孙顺德处在外戚的地位，功劳接近首功，地位尊
贵，爵禄丰厚，足可以称得起富贵了。如果能勤奋地览阅古今的典籍，既可以

鉴戒自己，又能使国家兴旺强盛，我可以和他一同享有府库的财物。他怎么不顾及自己的名誉和节操行事，而贪婪到这个地步呢！"然而唐太宗又怜惜他的功绩，不忍心治罪，于是在殿庭上当众赐给他几十匹丝绢，使他内心感到羞愧。大理少卿胡演说："长孙顺德贪赃枉法，罪不可恕，为什么还要赐绢给他呢？"唐太宗说："如果他能明白我的用意的话，获得丝绢的羞愧感会超过处以刑罚的效果。如果他不知道羞愧，那就是一个禽兽罢了，杀了他又有什么好处呢！"

视听链接

电视剧《人民的名义》

　　这是一部由最高人民检察院影视中心组织创作的当代检察题材反腐电视剧。党的十八大以来，以习近平同志为核心的党中央坚持铁腕反腐、从严治党，该剧正是在这样的背景下创作的，讲述了最高人民检察院反贪总局侦查处处长侯亮平临危受命，调任地方检察院审查某贪腐案件，与腐败分子斗智斗勇、进行殊死较量的故事。全剧艺术地再现了新时代反腐斗争的复杂形势，展现了反腐人员的坚定信仰和无畏勇气。

　　请你结合这部电视剧及近年来国家的反腐倡廉措施，谈谈廉政建设对于一个国家的重要性。

书海泛舟

1. 孔子弟子及再传弟子《论语》

2. 诸葛亮《诫子书》

3. 曾国藩《致诸弟·明师益友虚心请教》

4. 孟子《孟子·滕文公下》

5. 魏徵《谏太宗十思疏》

专题三 民惟邦本 本固邦宁

　　"民惟邦本，本固邦宁"出自《尚书·五子之歌》，意思是人民是国家的根基，只有根基牢固，国家才能安定。从王朝的更迭可以看出，得民心者得天下，这是颠扑不破的历史真理。为政者更应该认识到这一点，敬畏民众及其赋予的权力。同时，民众在社会生活中也应立信敬业、崇礼遵法，这样才能安身立命，在实现个人幸福的同时促进社会的发展。

　　本专题旨在让学生了解中国社会中重民生、讲诚信、敬事业、尚礼仪等传统美德，以及这些美德对于构建社会主义和谐社会的重要意义；引导学生关注社会、重视国计民生、诚实守信、遵纪守法、爱岗敬业、知礼奋进，自觉弘扬中华传统美德，形成良好的道德品质和行为习惯；自觉传承中华优秀传统文化，提升个人素养和人文关怀，争做知荣辱、守诚信、遵法纪、敢创新的当代中国青年，让个人幸福与国家发展同频共振。

第一节　以民为本　民贵君轻

文化揽要

　　本节精读篇目为《赵威后问齐使》，选自《战国策·齐策》；选读篇目为《论贵粟疏》，选自《汉书·食货志》。

　　《战国策》是西汉刘向编订的国别体史书，原作者不明，一般认为非一人之作。刘向对其进行整理，删去荒诞的内容，按照国别重新编排体例，定名为《战国策》。赵威后是赵惠文王之妻。赵惠文王去世后，其子孝成王立，因年纪尚幼，由赵威后摄政。《赵威后问齐使》（图3-1-1）主要体现了赵威后以民为本的执政思想，她的这种思想与孟子"民为贵，社稷次之，君为轻"的理论一致，这在当时无疑是有进步意义的。

　　《论贵粟疏》是西汉大臣晁错写给汉文帝的奏疏（图3-1-2）。"疏"是向皇帝陈述意见的一种文体，也称"奏疏"或"奏议"。汉文帝时期，因商业发展而出现了谷贱伤农，大地主、大商人兼并、侵夺农民土地，大批农民流离失所，阶级矛盾日趋激化的社会现象。针对这一问题，晁错写了这篇奏疏，全面论述了重视粮食的重要性，提出重农抑商、入粟以拜爵除罪等一系列主张，这对当时发展生产和巩固国防具有一定的进步意义。

　　这两篇作品均强调了重视民生对于国家发展的重要意义，论证过程层层深入、条理清晰、环环相扣。

撷英咀华

赵威后问齐使

《战国策》

微　课

　　齐王使使者问赵威后[①]。书未发[②]，威后问使者曰：

"岁亦无恙耶③？民亦无恙耶？王亦无恙耶？"使者不说④，曰："臣奉使使威后⑤，今不问王，而先问岁与民，岂先贱而后尊贵者乎⑥？"威后曰："不然⑦。苟无岁⑧，何以有民⑨？苟无民，何以有君？故有问，舍本而问末者耶⑩？"

乃进而问之曰："齐有处士曰钟离子⑪，无恙耶？是其为人也⑫，有粮者亦食⑬，无粮者亦食；有衣者亦衣⑭，无衣者亦衣。是助王养其民也⑮，何以至今不业也⑯？叶阳子无恙乎⑰？是其为人，哀鳏寡⑱，恤孤独⑲，振困穷⑳，补不足㉑。是助王息其民者也㉒，何以至今不业也？北宫之女婴儿子无恙耶㉓？彻其环瑱㉔，至老不嫁，以养父母。是皆率民而出于孝情者也㉕，胡为至今不朝也㉖？此二士弗业，一女不朝，何以王齐国㉗、子万民乎㉘？於陵子仲尚存乎㉙？是其为人也，上不臣于王㉚，下不治其家，中不索交诸侯㉛。此率民而出于无用者㉜，何为至今不杀乎？"

图3-1-1　赵威后问齐使

注　释

① 齐王：齐襄王的儿子，名建。问：聘问，是当时诸侯之间的一种礼节。赵威后：赵惠文王的妻子。惠文王死，太子丹立，号孝成王。因年幼，由威后执政。

② 书：指齐王给赵太后的书信。发：启封。

③ 岁：一年中农作物的收成。无恙：无灾害、忧患。

④ 说：通"悦"。

⑤ 奉使使威后：前一个"使"是名词，指使命；后一个"使"是动词，即出使。意为"奉使命出使到威后这里来"。

⑥ 先、后：都用作动词，使动用法。贱：用作名词，指百姓。

⑦ 不然：不是这样。

⑧ 苟：假如，假设连词。

⑨ 何以：靠什么。

⑩ 本：根本。末：末节。

⑪ 处士：有才德而隐居不仕的人。钟离子：齐国处士。钟离：复姓。子：对男子的尊称。

⑫ 是：指示代词，指钟离子。这里当"这个人"讲。

⑬ 食（sì）：拿食物给人吃。下句的"食"同。

⑭ 有衣者亦衣：第一个"衣"（yī）是名词，衣服。第二个"衣"（yì）是动词，意为"拿衣服给人穿"。

⑮ 是：指以上的行为。

⑯ 何以：因为什么。不业："业"用作动词，不使他成就功业，即不任用他。

⑰ 叶（shè）阳子：齐国的处士。

⑱ 哀：怜悯。鳏（guān）：老而无妻。

⑲ 恤：顾念。孤：老而无父。独：年老无子。

⑳ 振：通"赈"，救济。

㉑ 不足：缺少衣食。

㉒ 息：动词，繁育。

㉓ 北宫之女婴儿子：北宫，复姓。婴儿子是人名，她是齐国有名的孝女。

㉔ 彻：通"撤"，除去。环：指耳环、臂环类的饰物。瑱（tiàn）：古代系于冠冕两侧，用以塞耳的玉饰。

㉕ 率：领导。孝情：孝心。

㉖ 胡为：为什么。"胡"是疑问代词，当"什么"讲。不朝：不上朝。古代女子有封号才能上朝，这里"不朝"实际上是指不加封号。

㉗ 王（wàng）齐国：成为齐国之王。王：用作动词，当"成为王"讲。

㉘ 子万民：子，用作动词。此句意为"把人民看成自己的子女"。

㉙ 於（wū）陵子仲：於陵，齐邑名，故城在今山东省长山县西南。子仲：齐国的隐士。

㉚ 上不臣于王：不向王称臣。臣：用作动词，作"称臣"讲。

㉛ 索：求。

㉜ 无用：没有作用。

文化赏析

本文记叙了赵威后与齐国使臣的一次谈话。赵威后先问齐国的年岁，再问齐国的百姓，最后问齐王，指出无岁则无民，无民则无君。然后赵威后又从用人角度发出四问，委婉地批评了齐国的政治现状。本文体现了赵威后先民后君、重民爱才的进步思想，同时也刻画出一位洞悉民情、赏罚分明的女政治家形象。

"天下者，天下人之天下也。"古人早已悟出一个国家是以人民为贵，而非以君主、统治者为贵的。"民为贵，君为轻，社稷次之。"圣明的领导人应该明白只有以民为贵、以民为主，才能政通人和、长治久安。

各抒己见

请你谈谈古代的民本思想与当下的民主政治有何异同。

牛刀小试

牛刀小试

一、单选题

1. 画线字的解释不恰当的一项是（　　）。

    A. 书未发，威后问使者曰　　　　　　发：启封

    B. 岁亦无恙耶　　　　　　　　　　　岁：年景，收成

    C. 乃进而问之曰　　　　　　　　　　进：上前

    D. 是助王息其民者也　　　　　　　　息：生息，繁衍

2. 比较画线字的意义和用法，判断正确的一项是（　　）。

    ① 不问王而先问岁与民

    ② 岂先贱而后尊贵者乎

    ③ 苟无岁，何以有民

    ④ 至老不嫁，以养父母

  A. 两个"而"相同，两个"以"不同

  B. 两个"而"不同，两个"以"相同

  C. 两个"而"相同，两个"以"也相同

  D. 两个"而"不同，两个"以"也不同

3. 下列不含通假字的一项是（　　）。

  A. 使者不说

  B. 振困穷，补不足

  C. 彻其环瑱，至老不嫁

  D. 是皆率民而出于至情者也

4. 从词类活用的角度看，全相同的一组是（　　）。

  ① 有衣者亦衣，无衣者亦衣

  ② 何以至今不业也

  ③ 振困穷，补不足

  ④ 何以王齐国，子万民乎

  ⑤ 上不臣于王，下不治其家

  A. ①②④   B. ②④⑤

  C. ①④⑤   D. ②③⑤

5. 对"使"字的解释判断正确的一项是（　　）。

  ① 齐王使   ② 使者问赵太后

  ③ 臣奉使   ④ 使威后

  A. ①②意义不同，③④意义相同

  B. ①②意义相同，③④意义不同

  C. ①③意义相同，②④意义相同

  D. ①②③④意义各不相同

二、判断题

1. "书未发"中"发"的意思同"启"，有打开之意。（　　）

2. "苟无岁，何以有民？"是反问句。（　　）

3. "岁亦无恙耶？"与"王亦无恙耶？"都是反问句。（　　）

4. "故有问，舍本而问末者耶？"是疑问句。（　　）

5. 全文主要通过赵威后与齐使的问答，批驳了齐使"君贵民贱"
　　的错误思想，赞扬了赵威后"以民为本"的治国思想。（　）

三、翻译题

1. 威后曰："不然。苟无岁，何以有民？苟无民，何以有君？故
　　有问，舍本而问末者耶？"

　　_____

　　_____

2. 此二士弗业，一女不朝，何以王齐国，子万民乎？

　　_____

　　_____

史海钩沉

论贵粟疏

西汉·晁错

　　圣王在上，而民不冻饥者，非能耕而食之，织而衣之
也，为开其资财之道也。故尧、禹有九年之水，汤有七年
之旱，而国亡捐瘠者，以蓄积多而备先具也。今海内为一，
土地人民之众不避汤、禹，加以亡天灾数年之水旱，而蓄
积未及者，何也？地有遗利，民有余力，生谷之土未尽垦，
山泽之利未尽出也，游食之民未尽归农也。民贫，则奸邪
生。贫生于不足，不足生于不农，不农则不地著，不地著
则离乡轻家，民如鸟兽，虽有高城深池、严法重刑，犹不
能禁也。夫寒之于衣，不待轻暖；饥之于食，不待甘旨；
饥寒至身，不顾廉耻。人情，一日不再食则饥，终岁不制
衣则寒。夫腹饥不得食，肤寒不得衣，虽慈母不能保其子，

君安能以有其民哉？明主知其然也，故务民于农桑，薄赋敛，广蓄积，以实仓廪，备水旱，故民可得而有也。

民者，在上所以牧之，趋利如水走下，四方无择也。夫珠玉金银，饥不可食，寒不可衣，然而众贵之者，以上用之故也。其为物轻微易藏，在于把握，可以周海内而亡饥寒之患。此令臣轻背其主，而民易去其乡，盗贼有所劝，亡逃者得轻资也。粟米布帛，生于地，长于时，聚于力，非可一日成也。数石之重，中人弗胜，不为奸邪所利。一日弗得而饥寒至。是故明君贵五谷而贱金玉。

今农夫五口之家，其服役者不下二人，其能耕者不过百亩，百亩之收不过百石。春耕夏耘，秋获冬藏，伐薪樵，治官府，给徭役，春不得避风尘，夏不得避暑热，秋不得避阴雨，冬不得避寒冻，四时之间亡日休息。又私自送往迎来，吊死问疾，养孤长幼在其中。勤苦如此，尚复被水旱之灾，急政暴虐，赋敛不时，朝令而暮改。当具有者半贾而卖，亡者取倍称之息，于是有卖田宅、鬻子孙以偿债者矣。而商贾大者积贮倍息，小者坐列贩卖，操其奇赢，日游都市，乘上之急，所卖必倍。故其男不耕耘，女不蚕织，衣必文采，食必粱肉，亡农夫之苦，有阡陌之得。因其富厚，交通王侯，力过吏势，以利相倾。千里游敖，冠盖相望，乘坚策肥，履丝曳缟。此商人所以兼并农人，农人所以流亡者也。今法律贱商人，商人已富贵矣；尊农夫，农夫已贫贱矣。故俗之所贵，主之所贱也；吏之所卑，法之所尊也。上下相反，好恶乖迕，而欲国富法立，不可得也。

方今之务，莫若使民务农而已矣。欲民务农，在于贵粟，贵粟之道，在于使民以粟为赏罚。今募天下入粟县官，得以拜爵，得以除罪。如此，富人有爵，农民有钱，粟有所渫。夫能入粟以受爵，皆有馀者也。取于有馀以供上用，则贫民之赋可损，所谓损有馀补不足，令出而民利者也。顺于民心，所补者三：一曰主用足，二曰民赋少，三曰劝农功。今令民有车骑马一匹者，复卒三人。车骑者，天下武备也，故为复卒。神农之教曰："有石城十仞，汤池百步，带甲百万，而亡粟，弗能守也。"以是观之，粟者，王者大用，政之本务。令民入粟受爵，至五大夫以上，乃复一人耳，此其与骑马之功相去远矣。爵者，上之所擅，出于口而亡穷；粟者，民之所种，生于地而不乏。夫得高爵与免罪，人之所甚欲也。使天下人入粟于边，以受爵免罪，不过三岁，塞下之粟必多矣。

……

错复奏言："陛下幸使天下入粟塞下以拜爵，甚大惠也。窃恐塞卒之食不足用大渫天下粟。边食足以支五岁，可令入粟郡县矣；足支一岁以上，可时赦，勿收农民租。如此，德泽加于万民，民俞勤农。时有军役，若遭水旱，民不困乏，天下安宁；岁孰且美，则民大富乐矣。"

图3-1-2　晁错上书

释　义

　　在圣明的君王的统治下，百姓不挨饿受冻，这并非因为君王能亲自种粮食给他们吃、织布匹给他们穿，而是因为他能给人民开辟财源。所以尽管唐尧、夏禹之时有过九年的水灾，商汤之时有过七年的旱灾，但国内没有被遗弃和被饿瘦的人，这是因为贮藏积蓄的东西多，事先早已做好准备了。现在全国统一，土地之大、人口之多，不亚于汤、禹之时，又没有连年的水旱灾害，但积蓄却不如汤、禹之时，这是什么原因呢？原因在于土地还有潜力，百姓还有余力，能长谷物的土地还没全部开垦，山林湖沼的资源尚未完全开发，游手好闲之徒还没全部回乡务农。百姓生活贫困了，就会做邪恶的事。贫困是由于不富足，不富足是由于不务农，不从事农业就不能在一个地方定居下来，不能定居就会离开乡土、轻视家园，像鸟兽一样四处奔散。这样的话，国家即便有高大的城墙、深险的护城河、严厉的法令、残酷的刑罚，还是不能禁止。受冻的人对衣服不要求轻暖，挨饿的人对于食物不要求香甜可口，饥寒交迫就顾不上廉耻了。一天不吃两顿饭就会饥饿，整年不做衣服穿就会受冻，这是人之常情。如果肚子饿了没有饭吃，身上冷了没有衣服穿，即使是慈母也不能保全她的儿子，国君又怎能保全他的百姓呢？圣明的君主懂得这个道理，所以让人民从事农业生产，减轻他们的赋税，大量贮备粮食，以便充实仓库，防备水旱灾荒，因此也就能够得民心。

　　百姓怎么样，在于君主如何管理他们，他们追逐利益就像水往低处流一样，不管东南西北。珠玉金银这些东西，饿了不能当饭吃，冷了不能当衣服穿，然而人们还是很看重它，这是因为君主重视它。珠玉金银这类物品，轻便小巧，易于收藏，拿在手里，可以周游天下而不受饥寒的威胁。这就会使臣子轻易地背弃他的君主，而百姓也随意地离开家乡，盗贼受到了引诱，犯法逃亡的人有了便于携带的财物。粟米和布帛的原料生在地里，按季节成长，又要花很大力气耕种，并非一天内可以长成。几石重的粮食，一般人拿不动它，也不为奸邪的人所贪图，可是人一天没有这些东西就要挨饿受冻。因此，圣明的君主重视五谷而轻视金玉。

　　现在农民的五口之家，家里服徭役的不少于两人，能够耕种的土地不超过百亩，百亩的收成不超过一百石粮食。他们春天耕地、夏天耘田、秋天收获、冬天储藏，还得砍柴采薪、修理官府的房舍、服劳役。春天不能避风尘，夏天不能避暑热，秋天不能避阴雨，冬天不能避寒冻，一年四季没有一天休息。其间还要交际往来、吊唁死者、看望病人、抚养孤老、养育幼儿，一切费用都要从农业收入中开支。农民如此辛苦，还要遭受水旱灾害，官府又要急征暴敛，随时摊派，早晨发布命令，晚上就要更改。交赋税的时候，有粮食的人要半价贱卖后交税，没有粮食的人只好以加倍的利息借债纳税，于是就出现了卖田地、房屋甚至卖妻子、儿女来还债的情况。而那些商人们，大的囤积货物，获取加倍的利息；小的开设店铺，贩卖货物，用特殊手段获取利益。他们每日都去集市游逛，趁国家急需货物，就成倍抬高所卖物品的价格。所以商人家中男的不必耕地耘田，女的不用养蚕织布，但穿的必定是华美的衣服，吃的必定是上等的米和肉，没有农夫的劳苦，却占有田间的收成。他们依仗自己富有的钱财，与王侯结交，势力超过官吏，凭借资产相互倾轧；他们遨游各地，车乘络绎不绝，乘着坚固的车，赶着壮实的马，脚穿丝鞋，身披绸衣。这就是商人兼并农民土地、农民流离失所的原因。当今法律虽然轻视商人，但商人实际上已经富贵了；法律尊重农民，但农民实际上却贫贱了。所以世俗所看重的，正是君主所轻贱的；一般官吏所鄙视的，正是法律所尊重的。朝廷与世俗的看法相反、好恶颠倒，在这种情况下，要想使国家富裕、法令实施，那是不可能的。

　　当今的迫切任务，没有比使百姓务农更为重要的了。而要想使百姓从事农业，关键在于抬高粮价；抬高粮价的办法，在于让百姓拿粮食来求赏或免罚。现在应该号召天下百姓交粮给政府，纳粮的可以封爵或赎罪，这样富人就可以得到爵位，农民就可以得到钱财，粮食就不会囤积而得到流通。那些能交纳粮食得到爵位的，都是账户有余的人。从富有的人那里索取粮食来供国家使用，那么贫苦百姓所承担的赋税就可以减轻，这就叫作拿富有的去弥补不足的，法令一颁布百姓就能够得益。它依顺百姓的心愿，有三个好处：一是君主需要的东西充足，二是百姓的赋税减少，三是鼓励从事农业生产。按现行法令，民间能输送一匹战马的，就可以免去三个人的兵役。战马是国家战备所用，所以可以使人免除兵役。神农氏曾教导说："有十仞高的石砌城墙，有百步之宽贮满沸水的护城河，上百万全副武装的兵士，然而没有粮食，那也是守不住城的。"由此看来，粮食是君王最重要的物品，是国家政务的根本。现在让百姓交粮买爵，封到五大夫以上，才免除一个人的兵役，这与一匹战马的功用相比差得太远了。赐封爵位，是君主专有的权力，只要一开口，就可以无穷无尽地封赐；粮食是百姓种出来的，生长在土地中而不会缺乏。能够封爵与赎罪，是人们非常向往的。假如让天下百姓都献纳粮食，用于边境，以此换取爵位或赎罪，那么不用三年，边境粮食必定会多起来。

……

晁错之后又上奏说："陛下降恩，让天下人输送粮食去边塞，以授给爵位，这对百姓来说是很大的恩德。我私下担忧边塞驻军的粮食不够吃，所以让天下的屯粮大批流入边塞。如果边塞积粮足够使用五年，就可以让百姓向内地各郡县输送粮食了；如果郡县积粮足够使用一年以上，可以随时下诏书，不收农民的土地税。这样，陛下的恩德雨露普降于天下万民，百姓就会更积极地投身农业生产，如有兵役或遭遇水旱灾害，百姓生活也不会穷困匮乏，天下也会富庶安乐了。"

视听链接

电影《周恩来的四个昼夜》

从"为人民服务"到"走群众路线"，变的是名字，不变的是"以人为本"的实质。周总理正是怀着"为人民服务"的心，用四个昼夜完成了调研报告，向毛主席汇报后解散了公社食堂。周总理在河北省伯延镇的四个昼夜，晨起和村民一起插秧，夜里和大家一起抗暴雨。为了掌握事实、体察民意，他深入革命老区、深入群众，与老百姓进行面对面、心贴心的沟通，了解真实的农村生存状态，发现问题，找到解决问题的办法，进而更好地服务人民，真正做到了"权为民所用，情为民所系，利为民所谋"。

看完该影片后，请谈谈你的感想。

第二节　　诚信立人 忠信笃敬

文化揽要

　　本节精读篇目为《曾子杀彘》，选自《韩非子·外储说左上》；选读篇目为《商鞅立木建信》，选自《史记·商君列传》。

　　曾子是儒家学派的重要代表人物。他倡导以"孝恕忠信"为核心的儒家思想，后世尊其为"宗圣"。《曾子杀彘》（图3-2-1）讲述了曾子用实际行动教育孩子要言而有信、诚实待人的故事。同时这个故事也教育成人，尤其是家长，其言行对孩子的影响很大。教育后代时要言行一致、言传身教，只有家长有言必行，才能将子女培养成一个不失信于人的人。

　　商鞅是战国时期著名的改革者，他辅佐秦孝公积极实行变法，使秦国成为富强的国家。《商鞅立木建信》（图3-2-2）讲述的是商鞅在新法令尚未实施之前，在城墙南门放了一根木头，并贴出告示称：如有人将这根木头搬到北门就赏十金。开始民众都不信，直到将赏金提升至五十金时，有一壮士将木头搬到了北门，商鞅如约赏给他五十金。商鞅通过此举赢得了民众对他的信任，成功推行了变法。这个故事说明信用是国家的法宝，只有重法守信，才能赢得民众的信任，更好地治理国家。

　　孔子曰："人而无信，不知其可也。"诚信是中华民族的传统美德，是公民的道德规范，更是国家的致治之本。待人要诚信，处事要诚信；经营要诚信，生活要诚信；治国要诚信，理政要诚信。处于百年未有之大变局的今天，我们更应修身律己、诚信立人。

图3-2-1　曾子杀彘

撷英咀华

曾子杀彘
《韩非子·外储说左上》

曾子之妻之市①，其子随之而泣。其母曰："女还②，顾反为女杀彘③。"适市来④，曾子欲捕彘杀之⑤，妻止之曰："特与婴儿戏耳⑥。"曾子曰："婴儿非与戏也⑦。婴儿非有知也，待父母而学者也⑧，听父母之教。今子欺之⑨，是教子欺也。母欺子，子而不信其母，非所以成教也⑩。"遂烹彘也。

注　释

① 曾子：名参，字子舆，春秋末年思想家，十六岁拜孔子为师，他勤奋好学，颇得孔子真传，是儒学大家，参与编制《论语》《大学》《孝经》《曾子十篇》等作品。

② 女还：你回去吧。女：通"汝"，人称代词，你。

③ 顾反为女杀彘：等我回来为你杀猪。顾反：我从街上回来。反：通"返"，返回。彘（zhì）：猪。

④ 适市来：去集市后回来。适：往，到，去。

⑤ 之：代词，指猪。

⑥ 特与婴儿戏耳：只不过与小孩子开个玩笑罢了。特……耳：不过……罢了。特：只不过，只是。戏：开玩笑。耳：同"尔"，罢了。

⑦ 非与戏：不可和他开玩笑。

⑧ 待：依赖。

⑨ 子欺之：你欺骗他。子：你，对对方的称呼。之：代词，指儿子。注：文章多处出现"子"，曾子的"子"是古代对人的尊称，"其子随之而泣"的"子"是儿子的意思，"今子欺之"的"子"是"你"的意思。

⑩ 成教：教育有效果。

文化赏析

无论是做人，还是教育子女，都要注意讲究诚信、言传身教，不能以欺骗作为手段，做事要说到做到、不能说谎。要做到言必信、行必果，这样才能获得他人的信任。曾子用实际行动教育孩子要言而有信、诚实待人，这种教育方法是可取的，也是值得我们现代人借鉴学习的。

各抒己见

从"曾子杀彘"这个故事中可以看出曾子的教子思想是什么样的？

牛刀小试

牛刀小试

一、单选题

1. 下列画线字的意思解释错误的一项是（　　）。

    A. 女<u>还</u>　　　　　还：把某物归还给某人

    B. 顾<u>反</u>为女杀彘　反：返回

    C. 特与婴儿<u>戏</u>耳　戏：开玩笑

    D. 遂<u>烹</u>彘也　　　烹：烹饪

2.　下列各句中的"之"，解释有误的一项是（　　）。

　　① 曾子之妻之市（她，指曾子的妻子）

　　② 其子随之而泣（她，指小孩的母亲）

　　③ 曾子欲捕彘而杀之（它，指猪）

　　④ 妻止之曰（他，指曾子）

　　⑤ 听父母之教（的）

　　A. ①　　　　　　　　　　　B. ②

　　C. ②④⑤　　　　　　　　　D. ③④⑤

3.　下列句中"之"的用法不同于其他三项的一项是（　　）。

　　A. 其子随之而泣　　　　B. 曾子欲捕彘杀之

　　C. 妻止之　　　　　　　D. 曾子之妻之市

4.　曾子是孔子的思想传承人，他没有参与编制哪部著作？（　　）

　　A.《孝经》　　　　　　　B.《大学》

　　C.《曾子十篇》　　　　　D.《礼记》

5.　下列选项中不是曾子语录的是（　　）。

　　A. 君子立孝，其忠之用，礼之贵。

　　B. 孝有三：大孝尊亲，其次不辱，其下能养。

　　C. 吾日三省吾身，为人谋而不忠乎？与朋友交而不信乎？传
　　　不习乎？

　　D. 不孝有三，无后为大。

二、判断题

1.　曾子之妻之市。第二个"之"字为动词，去、到。（　　）

2.　顾反为汝杀彘。反：通"返"，返回。　　　　　　（　　）

3.　特与婴儿戏耳。戏：开玩笑。　　　　　　　　　（　　）

4.　今子欺之。子：儿子。　　　　　　　　　　　　（　　）

5.　待父母而学者也。学者：在学术上有一定成就的人。（　　）

三、翻译题

1. 曾子之妻之市，其子随之而泣。

_____

_____

2. 今子欺之，是教子欺也。母欺子，子而不信其母，非所以成教也。

_____

_____

史海钩沉

商鞅立木建信

《史记·商君列传》

令既具，未布，恐民之不信，已乃立三丈之木于国都市南门，募民有能徙置北门者予十金。民怪之，莫敢徙。复曰："能徙者予五十金。"有一人徙之，辄予五十金，以明不欺。卒下令。

令行于民期年，秦民之国都言初令之不便者以千数。于是太子犯法。卫鞅曰："法之不行，自上犯之。"将法太子。太子，君嗣也，不可施刑。刑其傅公子虔，黥其师公孙贾。明日，秦人皆趋令。

行之十年，秦民大说，道不拾遗，山无盗贼，家给人足。民勇于公战，怯于私斗，乡邑大治。

图3-2-2　商鞅立木示信

释　义

　　商鞅变法的条令已订立，还未颁布，担心百姓不相信自己，于是命人在都城市场南门前放置一根三丈高的木头，征募能将它搬到北门的人，承诺给予搬木者十金。百姓看到后对此感到很奇怪，没有人敢去搬木头。商鞅又说："能搬木头的人赏五十金。"有一个人将木头搬去了北门，商鞅立刻就给了他五十金，以此来表明没有欺骗百姓。之后他颁布了法令。

　　新法在民间实施满一年，秦国百姓前往国都控诉新法不方便的人数以千计。这时太子也触犯了法律。商鞅说："新法不能顺利施行，就在于上层人士带头违犯。"他要依新法处罚太子。太子是国君的继承人，不能施以刑罚，于是就处罚了监督他行为的老师公子虔，以黥刑处罚了传授他知识的老师公孙贾，以示惩戒。第二天，秦国人就都遵照新法执行了。

新法施行十年，秦国百姓都非常高兴，出现了路不拾遗、山无盗贼、家家富足的太平景象，百姓勇于为国作战，不敢再为私利争斗，乡野城镇都得到了治理，社会安定、秩序井然。

视听链接

电影《信义兄弟》

2010年春节前夕，武汉东方建筑集团公司项目经理孙水林为赶在年三十前给武汉黄陂的工友们发工钱，携带一家四口开车回黄陂，不料路上雪大路滑，遭遇车祸，一家四口全部罹难。弟弟孙东林得知哥哥一家的遭遇之后，万分悲痛。"今生不欠来生债，新年不欠旧年薪。"这是哥哥二十年来一直坚守的人生信条。如今哥哥去世了，作为弟弟一定要为哥哥完成这个遗愿。于是，孙东林不顾工友们的劝阻，四处借钱，准备在年三十前替哥哥给工友们发工钱，最终完成了孙水林的遗愿，谱写了一曲兄终弟及、接力还薪、感天动地的信义赞歌。孙水林、孙东林也因此被称为"信义兄弟"，并荣获"感动中国2010年度人物"称号。

请观看影片，据此谈谈你的感想。

第三节　敬业乐业 脚踏实地

文化揽要

本节精读篇目是梁启超的《敬业与乐业》，选读篇目是《周官》。

梁启超（图3-3-1）是近代著名学者，早年主张变法维新，与其师康有为一起领导"戊戌变法"。他学识渊博，在文学、史学、哲学等方面都有较大影响。《敬业与乐业》是梁启超于1922年8月14日在上海中华职业学校发表的一次讲演，全文直抒胸臆，论证清楚，有很强的说服力。虽然时间已过去一百年了，但其所讲的内容对培养职业热情和生活态度仍有积极的教育意义。

《周官》是史官记载的周成王灭淮夷后回到王都丰邑时，向群臣解说周朝设官分职的用人法则。其中记载了周成王（图3-3-2）关于官员行政时要敬业恭俭、以公灭私的论述，指出只有勤勉施政、一心为民，才能使国家避免危机、使社会保持安宁稳定。

荀子云："凡百事之成也，必在敬之；其败也，必在慢之。"无论做什么工作，都要敬恭职守、爱岗敬业，这样才能实现人生价值，促进国家安定富强。

撷英咀华

敬业与乐业（节选）

近代·梁启超

我这题目，是把《礼记》里头"敬业乐群"①和《老子》里头"安其居，乐其业"那两句话断章取义造出来。我所说的是否与《礼记》《老子》原意相合，不必深求；但我确信"敬业乐业"四个字，是人类生活的不二法门②。

本题主眼，自然是在"敬"字、"乐"字。但必先有业，才有可敬、可乐的主体，理至易明。所以在讲演正文以前，先要说说有业之必要。

孔子说："饱食终日，无所用心，难矣哉！"③又说："群居终日，言不及义，好行小慧，难矣哉！"④孔子是一位教育大家，他心目中没有什么人不可教诲，独独对于这两种人便摇头叹气说道："难！难！"可见人生一切毛病都有药可医，唯有无业游民，虽大圣人碰着他，也没有办法。

唐朝有一位名僧百丈禅师⑤，他常常用两句格言教训弟子，说道："一日不做事，一日不吃饭。"他每日除上堂说法之外，还要自己扫地、擦桌子、洗衣服，直到八十岁，日日如此。有一回，他的门生想替他服务，把他本日应做的工悄悄地都做了，这位言行相顾的老禅师，老实不客气，那一天便绝对的不肯吃饭。

我征引儒门、佛门这两段话，不外证明人人都要有正当职业，人人都要不断地劳作。倘若有人问我："百行什么为先？万恶什么为首？"我便一点不迟疑答道："百行业为先，万恶懒为首。"没有职业的懒人，简直是社会上的蛀米虫，简直是"掠夺别人勤劳结果"的盗贼。我们对于这种人，是要彻底讨伐，万不能容赦的。有人说，我并不是不想找职业，无奈找不出来。我说，职业难找，原是现代全世界普遍现象，我也承认。这种现象应该如何救济，别是一个问题，今日不必讨论。但以中国现在情形论，找职业的机会，依然比别国多得多。一个精力充满的壮年人，倘若不是安心躲懒，我敢信他一定能得相当职业。今日所讲，专为现在有职业及现在正做职业上预备的人——学生——说法，告诉他们对于自己现有的职业应采何种态度。

第一要敬业。敬字为古圣贤教人做人最简易直接的法门，可惜被后来有些人说得太精微，倒变得不适实用了。唯有朱子解得最好，他说："主一无适便是敬⑥。"用现在的话讲，凡做一件事，便忠于一件事，将全副精力集中到这事上头，一点不旁骛，便是敬。业有什么可敬呢？为什么该敬呢？人类一面为生活而劳动，一面也是为劳动而生活。人类既不是上帝特地制来充当消化面包的机器，自然该各人因自己的地位和才力，认定一件事去做。凡可以名为一件事的，其性质都是可敬。当大总统是一件事，拉黄包车也是一件事，事的名称，从俗人眼里看来，有高下；事的性质，从学理上解剖起来并没有高下。只要当大总统的人，信得过我可以当大总统才去当，实实在在把总统当作一件正经事来做；拉黄包车的人，信得过我可以拉黄包车才去拉，实实在在把拉车当作一件正经事来做，便是人生合理的生活。这叫作职业的神圣。凡职业没有不是神圣的，所以凡职业没有不是可敬的。唯其如此，所以我们对于各种职业，没有什么分别拣择。总之，人生在世是要天天劳作的。劳作便是功德，不劳作便是罪恶。至于我该做哪一种劳作呢？全看我的才能何如、境地何如。因自己的才能境地，做一种劳作做到圆满，便是天地间第一等人。

怎样才能把一种劳作做到圆满呢？唯一的秘诀就是忠实，忠实从心理上发出来的便是敬。《庄子》记痀偻丈人承蜩的故事⑦，说道："虽天地之大，万物之多，而惟吾蜩翼之知⑧。"凡做一件事，便把这件事看作我的生命，无论别的什么好处，到底不肯牺牲我现做的事来和他交换。我信得过我当木匠的做成一张好桌子，和你们当政治家的建设成一个共和国家同一价值；我信得过我当挑粪的把马桶收拾得干净，和你们当军人的打胜一支压境的敌军同一价值。大家同是替社会做事，你不羡慕我，我不羡慕你。怕的是我这件事做得不妥当，便对不起这一天里头所吃的饭。所以我做这事的时候，丝毫不肯分心到事外。曾文正说⑨："坐这山，望那山，一事无成。"……一个人对于自己的职业不敬，从学理方面说，便亵渎职业之神圣；从事实方面说，一定把事情做糟了，结果自己害自己。所以敬业主义，于人生最为必要，又于人生最为有利。庄子说："用志不分，乃凝于神。"⑩孔子说："素其位而行，不愿乎其外。"⑪我说的敬业，不外这些道理。

第二要乐业。"做工好苦呀！"这种叹气的声音，无论何人都会常在口边流露出来。但我要问他："做工苦，难道不做工就不苦吗？"今日大热天气，我在这里喊破喉咙来讲，诸君扯直耳朵来听，有些人看着我们好苦；翻过来，倘若我们去赌钱去吃酒，还不是一样在淘神费力？难道又不苦？须知苦乐全在主观的心，不在客观的事。人生从出胎的那一秒钟起到咽气的那一秒钟止，除了睡觉以外，总不能把四肢、五官都搁起不用。只要一用，不是淘神，便是费力，劳苦总是免不掉的。会打算盘的人，只有从劳苦中找出快乐来。我想天下第一等苦人，莫过于无业游民，终日闲游浪荡，不知把自己的身子和心子摆在哪里才好。他们的日子真难过。第二等苦人，便是厌恶自己本业的人，这件事分明不能不做，却满肚子里不愿意做。不愿意做逃得了吗？到底不能。结果还是皱着眉头，哭丧着脸去做。这不是专门自己替自己开玩笑吗？我老实告诉你一句话："凡职业都是有趣味的，只要你肯继续做下去，趣味自然会发生。"为什么呢？第一，因为凡一件职业，总有许多层累、曲折，倘能身入其中，看它变化、进展的状态，最为亲切有味。第二，因为每一职业之成就，离不了奋斗；一步一步地奋斗前去，从刻苦中将快乐的分量加增。第三，职业的性质常常要和同业的人比较骈进，好像赛球一般，因竞胜而得快乐。第四，专心做一职业时，把许多游思妄想杜绝了，省却无限闲烦恼。孔子说："知之者不如好知者，好之者不如乐之者。"⑫人生能从自己职业中领略出趣味，生活才有价值。孔子自述生平，说道："其为人也，发愤忘食，乐以忘忧，不知老之将至云尔。"⑬这种生活，真算得人类理想的生活了。

我生平最受用的有两句话：一是"责任心"，二是"趣味"。我自己常常力求这两句话之实现与调和，又常常把这两句话向我的朋友强聒不舍⑭。今天所讲，敬业即是责任心，乐业即是趣味。我深信人类合理的生活总该如此，我望诸君和我一同受用！

图3-3-1　梁启超讲学

注　释

① 敬业乐群：引自《礼记·学记》。乐群：和朋友相处很融恰。

② 不二法门：佛教用语，指直接入道，不可言传的法门。现在用来比喻最好的或独一无二的方法。

③ "饱食终日"句：引自《论语·阳货》，意思是整天吃饱了饭，不肯动脑筋去做点事，实在是不行啊！

④ "群居终日"句：引自《论语·卫灵公》，意思是和大家整天在一起，不说一句有道理的话，只是卖弄一点小聪明，实在不行啊！

⑤ 百丈禅师：怀海禅师，因为居住在江西百丈山，所以又称百丈禅师，著有《百丈清规》。

⑥ 主一无适：专一于某种工作不旁及其他的事情。

⑦ 疴偻（jū lóu）：鸡胸驼背。丈人：老人。承蜩（tiáo）：捕蝉。

⑧ 而惟吾蜩翼之知：我只知道有蝉翼罢了。这是比喻用心专一的意思。

⑨ 曾文正：曾国藩（1811—1872），清末军事家、政治家、文学家。

⑩ "用志"句：见《庄子·达生》，大意是做事不分心，精神就能集中。

⑪ "素其位"句：见《礼记·中庸》，大意是现在只做分内的事，不要希望做分外的事。

⑫ "知之者"句：见《论语·雍也》，大意是知道这种道理的人比不上喜爱它的人，喜爱它的人比不上以它为乐的人。

⑬ "其为人"句：见《论语·述而》，大意是（孔子）常发愤读书而忘记吃饭，领略学习的乐趣而忘记忧愁，甚至不知道自己将要老了，如此而已。

⑭ 强聒（guō）：过分啰唆。不舍：不停。

文化赏析

　　《敬业与乐业》是一篇宣讲人生与事业关系的演讲词。文章开宗明义地提出了"敬业乐业"的主旨，接着分别谈论了"有业""敬业"和"乐业"的重要性，最后用"责任心"和"趣味"总结精神旨意。只有"有业"，才能"敬业""乐业"，同时指出工作无高低贵贱之分，只要专注于此，在工作中找到乐趣，就能找到自己生存奋斗的价值。全文主旨鲜明，层次清晰，语言通俗，既有冷静分析，晓之以理，又有诚挚热烈的感情，动之以情，极具说服力和鼓动性。

各抒己见

　　学习《敬业与乐业》这篇文章后，请你谈谈怎样理解"业"，该如何做到"敬业"与"乐业"？

牛刀小试

牛刀小试

一、单选题

1. 下列加点字的注音全都正确的一项是（　　）。

   A. 乐业（lè）　　　百行业为先（háng）　　　羡慕（mù）

   B. 征引（zhèng）　　禅师（chán）　　　　　承蜩（tiáo）

   C. 骈进（pián）　　　亵渎（jiè dú）　　　　佛门（fó）

   D. 佝偻（gǒu lóu）　　强聒不舍（guō）　　　层累（lěi）

2. 下列对《敬业与乐业》的内容表述有误的一项是（　　）。

   A. 作者先后谈论了"有业""敬业"和"乐业"三个问题。

   B. 作者在谈到"有业之必要"时，举了孔子和百丈禅师两个例子加以论证；谈到"凡职业都是有趣味的"时，列举了四个原因加以阐释。

   C. 作者最后言简意赅地把"敬业与乐业"总结为"责任心"和"趣味"，强调"人类合理的生活总该如此"，并"望诸君和我一同受用"。

   D. 作者演讲所针对的听众是职业学校的学生，所以作者所谈论的"业"只局限于狭义的职业。"敬业与乐业"的意义，只限于正式的谋生职业，限于成人的工作。

3. 下列引文和出处有误的一项是（　　）。

   A. "安其居，乐其业。"——《老子》

   B. "群居终日，坏及交，好行小慧，难矣哉！"——《论语》

   C. "知之者不如好之者，好之者不如乐之者。——《论语》

   D. "素其位而行，不愿乎其外。"——《论语》

4. 下列词语中有错别字的一组是（　　）。

    A. 拣择　　　披沙拣金　　　旁鹜　　　趋之若鹜

    B. 教诲　　　风雨如晦　　　发奋　　　发愤忘食

    C. 执笔　　　明火执仗　　　直接　　　直接了当

    D. 烦闷　　　要言不烦　　　曲折　　　委曲求全

5. 以下对文章主题阐述错误的一项是（　　）。

    A. 这篇讲演针对听讲者的实际情况，提出了"敬业与乐业"的论题，深入地论述了敬业与乐业的重要性，殷切地希望大家发扬敬业、乐业的精神，实现人生的价值。

    B. 这篇讲演词论证条理清晰，纲举目张，总体结构是"总—分—总"式。开头提出论题，总起全篇；主体部分分两层，逐层论述敬业和乐业两个分论点；末尾总结全篇。

    C. 这篇讲演词论据生动有力，为论证论点，作者举了多种论据：有生活中的实例、有古代的事例、有作者亲身经历中卓有成效的经验，这些论据运用精当，使讲演词具体、生动，富有说服力。美中不足的是缺少名言警句的运用，说理性较差。

    D. 这篇讲演词语言通俗浅显，准确周密，概括有力。全篇讲演多用口语，明白如话，一听就懂；引用古代文句时，注重化深为浅，这都使语言显得概括有力。

二、填空题

1. 孔子说："饱食终日，_____，难矣哉！"

2. 唐朝的名僧百丈禅师常用"_____，_____"两句格言教训弟子。

3. 梁启超先生答道："百行业为先，_____。"

4. 孔子自述生平，说："其为人也，_____，_____，不知老之将至云尔。"

5. 曾文正说："坐这山，望那山，_____。"

三、翻译题

1. 我确信"敬业乐业"四个字，是人类生活的不二法门。

_____

_____

2. 虽天地之大，万物之多，而惟吾蜩翼之知。

_____

_____

史海钩沉

周　官
《尚书·周书》

　　惟周王抚万邦，巡侯甸，四征弗庭，绥厥兆民。六服群辟，罔不承德。归于宗周，董正治官。

　　王曰："若昔大猷，制治于未乱，保邦于未危。"

　　曰："唐、虞稽古，建官惟百，内有百揆、四岳，外有州牧、侯伯。庶政惟和，万国咸宁。夏、商官倍，亦克用乂。明王立政，不惟其官，惟其人。今予小子，祗勤于德，夙夜不逮。仰惟前代时若，训迪厥官。立太师、太傅、太保，兹惟三公。论道经邦，燮理阴阳。官不必备，惟其人。少师、少傅、少保，曰三孤。贰公弘化，寅亮天地，弼予一人。冢宰掌邦治，统百官，均四海。司徒掌邦教，敷五典，扰兆民。宗伯掌邦礼，治神人，和上下。司马掌邦政，统六师，平邦国。司寇掌邦禁，诘奸慝，刑暴乱。司空掌邦土，居四民，时地利。六卿分职，各率其属，以倡九牧，阜成兆民。"

图3-3-2　成王与周公

六年，五服一朝。又六年，王乃时巡，考制度于四岳。诸侯各朝于方岳，大明黜陟。

王曰："呜呼！凡我有官君子，钦乃攸司，慎乃出令，令出惟行，弗惟反。以公灭私，民其允怀。学古入官，议事以制，政乃不迷。其尔典常作之师，无以利口乱厥官。蓄疑败谋，怠忽荒政，不学墙面，莅事惟烦。戒尔卿士，功崇惟志，业广惟勤，惟克果断，乃罔后艰。位不期骄，禄不期侈，恭俭惟德，无载尔伪。作德，心逸日休；作伪，心劳日拙。居宠思危，罔不惟畏，弗畏入畏。推贤让能，庶官乃和，不和政厖。举能其官，惟尔之能，称匪其人，惟尔不任。"

王曰："呜呼！三事暨大夫，敬尔有官，乱尔有政，以佑乃辟，永康兆民，万邦惟无斁"。

释　义

　　周成王安抚万国，巡视侯服、甸服等诸侯，四方征讨不来朝见的诸侯，以安定天下的老百姓。六服的诸侯，无人不奉承他的德教。成王回到王都宗周后，又督导整顿治事的官员。

　　成王说："顺从往日的大法，要在未出现动乱的时候就制定治理的办法，在未出现危机的时候就安定国家。

　　"尧舜稽考古代的制度，建立一百个官职。内有百揆和四岳，外有州牧和侯伯。各种政策适宜，天下万国都安宁。夏代和商代，官职数量增加一倍，也能治理朝政。贤明的君主设立官员，不考虑官员的数量多少，而是要任用贤臣。现在我恭敬勤奋施行德政，早起晚睡依然赶不上古人。我想顺从前代之法，说明如何建立我们的官制。设立太师、太傅、太保，这是三公。他们讲明治道，秉持国政，调和阴阳。三公不必同时都有，要选取适当的人。设立少师、少傅、少保，这是三孤。他们协助三公弘扬教化、敬信天地、辅助我一人。冢宰主管国家的治理，统帅百官，调剂四海。司徒主管国家的教育，传布五教，安定天下百姓。宗伯主管国家的典礼，治理神和人的事，调和贵贱尊卑的关系。司马主管国家的军事，统率六师，平服邦国。司寇主管国家的法度，治理奸邪，刑杀暴乱之徒。司空主管国家的土地，安置士农工商，依时发展地利。六卿各司其职，各率其属，以倡导九州之牧，使百姓安定富有。

　　"每隔六年，五服诸侯来朝见一次。每隔十二年，天子便依时巡视，到四岳校正礼法制度。诸侯分别在所属的方岳朝见，接受天子的赏罚。"

　　成王说："啊！凡我的大小官员，要认真对待你们的工作，慎重发布命令。命令发出了就要执行，不要违抗。用公正消除私情，就会得到百姓的信任。学习古代制度后才能进入仕途，议论政事要依据法制，就不会出错。你们要用常法作为法则，不要以巧言干扰官员。蓄疑不决必定会败坏计谋，怠情忽略必定会废弃政事。人不学习就如同面墙而立，遇事就会慌乱。告诉你们各位卿士：功高在于立志，业大在于勤劳。能够果敢决断，就没有后来的艰难。当高官不应当骄傲，拿厚禄不应当奢侈，恭和俭是美德啊！不要作伪。做好事就会心里安宁而日渐美好，做虚伪的事就会心思苦楚而日渐笨拙。地位尊崇时要想到危险，没有什么事情是不应当敬畏的，不知敬畏就会陷入危险的境地。推举贤能，百官就会和睦；众官不和，政事就芜杂了。推举的官员称职，是你们的才能；推举得不称职，是你们不能胜任。"

成王说："啊！任人、准夫、牧和大夫们，只要你们认真对待官职、积极治理政事、辅助君主，就可以使广大百姓稳定安宁，天下就不会厌弃我们了。"

视听链接

电影《香巴拉信使》

这是一部关于常年行走在深山老林里的邮递员的电影，讲述了乡邮员王大河给山里的孩子送大学录取通知书的故事。影片借助恬淡朴实的镜头语言，通过一个个生动鲜活的艺术细节，真实、细腻地再现了主人公全心全意为人民服务的感人事迹。本片主人公的人物原型是王顺友，他每年有三百多天都行走在邮寄的路上，每个月只有两天在家休息。王大河经常挂在嘴边的话语就是："我不送信谁送呢？总得有人送信。"

看完影片，请谈谈你的想法，角度不限。

第四节　　崇礼尽责 安身立命

文化揽要

　　本节精读篇目节选自《大学》，选读篇目为《诗经》的《蓼莪》。

　　《大学》（图3-4-1）是一篇论述儒家"修身、齐家、治国、平天下"思想的文章。"穷则独善其身，达则兼济天下"铸就了一代又一代中国知识分子的人格，本文从格物、致知到正心、修身，再到治国、平天下，为我们展示了人生修养的途径和阶梯，同时本文还强调社会参与，表示个人在实现人生价值的同时也应促进社会的发展。

　　《蓼莪》一诗将自己不能终养父母的悲恨绝望之情刻画得淋漓尽致。子女赡养父母、孝敬父母是中华民族传统美德之一，也是人类社会的道德义务（图3-4-2）。此诗中赋、比、兴手法交替使用，抒情跌宕起伏、回旋往复，传达了孤子的哀伤情思，以充沛的情感表现了孝念父母之情，对后世影响极大。

　　这两篇作品均表现了古人追求正心、崇礼尽责的精神，对于形成良好的社会风气有积极的意义。

撷英咀华

大学（节选）

《礼记》

微　课

　　大学之道①，在明明德②，在亲民③，在止于至善④。知止而后有定⑤，定而后能静，静而后能安，安而后能虑，虑而后能得。物有本末，事有终始，知所先后，则近道矣。

　　古之欲明明德于天下者，先治其国；欲治其国者，先齐其家⑥；欲齐其家者，先修其身⑦；欲修其身者，先正其心；欲正其心者，先诚其意⑧；欲诚其意者，先致其知⑨。致知在格物⑩。物格而后知至，知至而后意诚，意诚而后心正，心正而后身修，身修而后家齐，家齐而后国治，国治而后天下平。

　　自天子以至于庶人，壹是皆以修身为本⑪。其本乱而末治者，否矣。其所厚者薄，而其所薄者厚⑫，未之有也。此谓知本，此谓知之至也。

图3-4-1 学堂讲道

注　释

① 大学：大人之学。古人八岁入小学，识文及学洒扫应对之事。十五岁入大学，学做人及治国、平天下的大道理。大学之道：即大学的原则、教育方针。

② 明明德：人应将生来具有的光明之德发扬光大。前一"明"是动词，意使彰明、显明。后一"明"是形容词，即光明的、美好的。

③ 亲：朱熹沿袭程子的说法解"亲"为"新"，即革其旧之谓。新民：是说人已自明其德，又当推以及人，使之去其旧污，做一个新民。

④ 止于至善：达到最完美的境界。止：达到。至善：最善。"止于至善"是说对己应发扬光大光明之德，然后推己

及人，使他人也成为有德之人，这样就达到了至善的境界。"明明德""亲民""止于至善"被称为大学的三纲领。

⑤ 知止：知道应该达到的目标。定：目标、志向。

⑥ 齐其家：管理好自己的家庭或家族，使家庭或家族和和美美、兴旺发达。

⑦ 修其身：修养自身的品性。

⑧ 诚其意：使自己意念真诚。

⑨ 致其知：使自己获得知识。

⑩ 格物：探究事物的道理。一说革除物欲。

⑪ 壹是：都是。本：根本。

⑫ 所厚者薄：该重视的不重视。所薄者厚：不该重视的却加以重视。

文化赏析

　　《大学》着重阐述了提高个人修养、培养良好的道德品质与治国、平天下之间的重要关系，并以三纲领"明明德、亲民、止于至善"和八条目"格物、致知、诚意、正心、修身、齐家、治国、平天下"为主题。《大学》提出的人生观与儒家思想有千丝万缕的联系，这种人生观要求注重个人修养、怀抱积极的奋斗目标，这一要求是以儒家的道德观为主要内涵的。要想使天下成为有道德的社会，其根本在于个人修养。只有修身养性、完善个人品格，以高尚的德行参与社会治理，由士而仕，承担相应的社会责任，才能在实现个人价值的同时为国家做贡献，这也是中国传统士大夫的精神原则和人生理想。

各抒己见

请小组讨论什么是大学之道，讨论后各小组代表发表本组见解。

牛刀小试

牛刀小试

一、单选题

1. 下列各句中加点字的解释不正确的一项是（　　）。

    A. 虑而后能得　　　　　　　　得：处事合宜

    B. 致知在格物　　　　　　　　格：标准

    C. 人之其所亲爱而辟焉　　　　辟：偏向

    D. 之其所哀矜而辟焉　　　　　矜：怜悯，同情

2. 下列对原文的理解与分析不恰当的一项是（　　）。

    A. 首句开宗明义，提出大学之道的"三纲领"即"明明德""亲民""止于至善"。

    B. 继而又提出了"八条目"之说，"八条目"之间是并列关系，"格物"是其核心。

    C. 要做到"正心"需要先做到"诚意"，要做到"诚意"就不能自欺欺人。

    D. 选文中使用了顶针、排比等修辞，使道理之间的联系更加紧密，增强了说服力。

3. 下列各项中没有古今异义词的一项是（　　）。

    A. 大学之道

    B. 跨者不行

    C. 何不虑以为大樽而浮乎江湖

    D. 非所以内交于孺子之父母也

4. 下列对文中相关内容的解说，不恰当的一项是（　　）。

　　A. "四书"指《大学》《中庸》《论语》《尚书》。

　　B.《礼记》体现了儒家的哲学、教育、美学等思想。

　　C. 曾子，名参。其父曾点，字晳，是孔门七十二贤之一。

　　D. "慎独"可以理解为独处时也要谨慎行事。

5. 下列选项中断句最合理的一项是（　　）。

　　A. 心不在 / 焉视而不见听 / 而不闻食 / 而不知其味

　　B. 心不在 / 焉视而不见 / 听而不闻 / 食而不知其味

　　C. 心不在焉 / 视而不见 / 听而不闻 / 食而不知其味

　　D. 心不在焉视 / 而不见听 / 而不闻食 / 而不知其味

二、判断题

1. "四书"指《大学》《中庸》《论语》《孟子》。（　　）

2. 古代想要把美德彰明于天下的人，要先治理好自己的国家。
   （　　）

3. 《大学》原为《礼记》中的一篇，朱熹将其列为"四书"之首。
   （　　）

4. 曾参是孔子学说的传承人，后人尊称他为曾子。（　　）

5. 大学之道，在明明德，前一个"明"是动词，后一个"明"是
   名词。（　　）

三、翻译题

1. 大学之道，在明明德，在亲民，在止于至善。

_____

_____

2. 其所厚者薄，而其所薄者厚，未之有也。

_____

_____

蓼　莪

《诗经》

蓼蓼者莪，匪莪伊蒿。哀哀父母，生我劬劳。

蓼蓼者莪，匪莪伊蔚。哀哀父母，生我劳瘁。

图 3-4-2　孝老爱亲

瓶之罄矣，维罍之耻。鲜民之生，不如死之久矣。

无父何怙，无母何恃。出则衔恤，入则靡至。

父兮生我，母兮鞠我。拊我畜我，长我育我。

顾我复我，出入腹我。欲报之德，昊天罔极。

南山烈烈，飘风发发。民莫不穀，我独何害。

南山律律，飘风弗弗。民莫不穀，我独不卒。

释　义

看那莪蒿长得高，不是莪蒿是散蒿。可怜我的父母亲，养我长大太辛劳！

看那莪蒿相依偎，不是莪蒿是牡蒿。可怜我的父母亲，养我长大太憔悴！

小瓶子里空荡荡，大坛子应感到羞耻。穷苦孤儿活在世，不如追随父母去。

没有父亲依靠谁？没有母亲何所恃？出门离家心含悲，进门回家犹未归。

父亲母亲生养我、抚育我。你们护我疼爱我，养我长大培育我。

想我不愿离开我，出入家门拥抱我。欲要报答父母恩，老天无端降灾祸！

南山险峻路难行，飙风凄厉令人怯。别人都无不幸事，为何独我遭此劫？

南山高耸难攀登，飙风凄厉尘飞扬。别人都无不幸事，独我难为其终养！

视听链接

电影《有家》

电影《有家》根据全国道德模范朱清章照顾养母31年、全国道德模范刘霆背着母亲上大学等众多道德模范的真实故事创作而成。全片以男女主人公面对家庭突遭不幸时的生活态度为主线，塑造了主人公朱有家克服常人难以承受的困难，勇敢担起照顾植物人养母和重病养父的重任的人物形象。这部电影展现了中华优秀传统文化，特别是孝道文化中所蕴含的精神力量，传承和弘扬了中华民族传统美德，展现了普通人尽孝尽责、努力生活的一面。

　　观看电影后，请谈谈你的感想。

书海泛舟

1. 屈原《国殇》
2. 杜甫《自京赴奉先县咏怀五百字》
3. 萧统《文选》
4.《左传·齐桓公伐楚》
5.《诗经·七月》

专题四

宇宙四时　文人雅韵

《三苍》云："四方上下曰宇，古往今来曰宙。"宇者，空间也；宙者，时间也。"宇宙"亦即时空。冷暖热凉的交替变化，是谓"四时"。宇宙慢慢演化，人类从来没有停止过对浩瀚苍穹的探索。四时也规律地运动着，人们真切地感受到春夏秋冬的更替，并从中体悟生活的情趣、创造雅致的格调。梅、兰、竹、菊，君子气节；横琴对弈，饮酒赏花。这些长物千百年来与中国文人相伴相随，既是精致生活和温文气质的载体，也是中华文化的依托和见证。

本专题主要通过赏析诗歌和散文，让学生了解中国传统的审美文化和审美情趣，以及文人、士大夫的理想人格。借助士人的日常生活美学，传承以"大美中华，书香天下"为重点的美育教育，以美育人，以文化人，培养学生研读文学作品的能力，提升其综合审美素养，引导学生发现美、感悟美、表现美、创造美，厚植民族情感，陶冶高尚趣味，开阔个人胸怀。

第一节　浩瀚苍穹 日月星辰

文化揽要

本节精读篇目为李白的《把酒问月·故人贾淳令予问之》，选读篇目为屈原的《天问》。

《把酒问月·故人贾淳令予问之》是唐代诗人李白创作的一首咏月抒怀诗。此诗写诗人端着酒杯向月亮发问（图4-1-1），从饮酒问月开始，至邀月临酒结束，反映了人类对宇宙的困惑不解。诗人以纵横恣肆的笔触，多角度、多层次地描摹了孤高的明月形象，对海天景象的描绘及对世事推移、人生短促的慨叹，展现了作者旷达博大的胸襟和飘逸潇洒的性格。整首诗脉络贯通，浑然天成。当任何一个个体生命面对永恒的明月时，都会有宇宙无穷而人生有限的感慨。

《天问》（图4-1-2）是屈原思想学说的集萃，所问的都是上古传说中不甚可解的怪事、大事。"天地万象之理，存亡兴废之端，贤凶善恶之报，神奇鬼怪之说"，他似乎要求得一个解答，找出一个因果。这些问题是春秋战国以来许多学者所探究的问题，而《天问》以惝恍迷离的语句展现了屈原对宇宙的探索精神，以新奇的手法表现了精深的内容，这使此诗成为世界文库中的奇作。

李白和屈原都是浪漫主义文学的巨人，从这两篇作品中，我们可以感受到古人对浩瀚苍穹的好奇，并从中体悟其宇宙观和认识论。

撷英咀华

微　课

把酒问月·故人贾淳令予问之

唐·李白

青天有月来几时？我今停杯一问之。

人攀明月不可得，月行却与人相随。

皎如飞镜临丹阙①，绿烟灭尽清辉发②。

但见③宵从海上来，宁知晓向云间没④？

白兔捣药⑤秋复春，嫦娥孤栖与谁邻⑥？

今人不见古时月，今月曾经照古人。

古人今人若流水，共看明月皆如此。

唯愿当歌对酒时⑦，月光长照金樽⑧里。

注　释

① 丹阙：朱红色的宫门。

② 绿烟：指遮蔽月光的浓重的云雾。灭
尽：消除。清辉：形容月光皎洁清朗。

③ 但见：只看到。

④ 宁知：怎知。没（mò）：隐没。

⑤ 白兔捣药：神话传说月中有白兔捣仙
药。西晋傅玄的《拟天问》中有"月中
何有，白兔捣药"句。

图4-1-1　把酒问月

⑥　嫦娥：神话中的月中女神。传说她原是后羿的妻子，偷吃了后羿的仙药，成为仙人，奔入月中。与谁邻：一作"谁与邻"。

⑦　当歌对酒时：在唱歌饮酒的时候。曹操的《短歌行》中有"对酒当歌，人生几何？"

⑧　金樽：精美的酒具。

文化赏析

"把酒问月"这个诗题是作者绝妙的自我造像，飘逸浪漫之感唯谪仙人方能有之。题下原注"故人贾淳令予问之"。彼不自问而令予问之，一种风流自赏之意溢于言表。

悠悠万世，明月的存在对于人类来说是一个极具吸引力的宇宙之谜。"青天有月来几时"的劈头一问，大有神往与迷惑交驰之感。问句先出，继而具体写令人神往的情态。把酒"停杯"的动作使人感到那突如其来的一问分明带有几分醉意，语序倒装，以问句统摄全篇，极富气势和诗意。开篇从手持杯酒仰天问月写起，以下两句移境换意，尽情咏月抒怀。同时，对宇宙的遐想又引发对人生哲理的探求，进而感慨宇宙无穷而人生有限。末句"月光长照金樽里"，形象鲜明独特。从无常中求有常，意味隽永。至此，诗情海阔天空地驰骋一番后，又回到诗人手持的酒杯中来，完成了一个美的巡礼，使读者从这一形象回旋中获得极深的诗意感受。

全诗感情饱满奔放，语言流畅自然，极富回环错综之美。诗人由酒写到月，又从月写到酒，用行云流水般的抒情方式将明月与人生反复对照，在时间和空间的主观感受中表达了对宇宙和人生哲理的深层思索。其立意上承屈原的《天问》，下启苏轼的《水调歌头·明月几时有》。情理并茂，极富艺术感染力。

各抒己见

中国古人对世界的认识是怎样的？他们为什么会有这样的观点？

牛刀小试

牛刀小试

一、单选题

1. 李白的诗以（　　）为主，既表现出蔑视权贵的傲岸精神、对人民疾苦的同情；又善于描绘自然景色，表达对祖国山河的热爱。

   A. 抒情　　　B. 议论　　　C. 描写　　　D. 叙述

2. 李白的诗风（　　），想象丰富，语言流转自然，音律和谐多变，善于从民间文艺和神话传说中吸取营养和素材，构成其特有的瑰玮绚烂的色彩，达到盛唐诗歌艺术的巅峰。

   A. 风格清健　　　　　　B. 雄奇豪放

   C. 平易通俗　　　　　　D. 质朴自然

3. 杜甫，字子美，自称少陵野老。举进士不第，曾任检校工部员外郎，故世称杜工部，是唐代最伟大的现实主义诗人，宋代以后被尊为（　　），与李白并称"李杜"。

   A. "诗仙"　　B. "诗杰"　　C. "诗怪"　　D. "诗圣"

4. 《卿云歌》是（　　）的诗歌。相传功成身退的舜帝禅位给治水有功的大禹时，有才德的人、百官和舜帝同唱《卿云歌》。

   A. 北洋政府时期　　　　B. 民国初年

   C. 上古时代　　　　　　D. 近代时期

5 杜甫在艺术上善于运用各种诗歌形式，尤长于律诗；风格多样，以（　　）为主；语言精练，具有极高的表达能力。

   A. 沉郁　　　B. 浪漫　　　C. 欢快　　　D. 清新

二、判断题

1. 《把酒问月》是唐代大诗人李白创作的一首咏月抒怀诗。此诗写诗人端着酒杯向月亮发问，从饮酒问月开始，以邀月临酒结束，反映了人类对宇宙的困惑不解。（　　）

2. 李白，字太白，号青莲居士，是继屈原之后最具个性、最伟大的现实主义诗人。有"诗仙"之美誉，与杜甫并称"李杜"。（　　）

3. 杜甫，字子美，是唐代最伟大的浪漫主义诗人，宋代以后被尊
为"诗仙"，与李白并称"李杜"。（　　）

4. 李白的诗歌充满了瑰丽的想象，多用夸张的手法。（　　）

5. 李白的诗歌对中唐的韩愈、李贺，宋代的苏轼，明清的龚自珍
等人产生巨大影响。（　　）

三、翻译题

1. 白兔捣药秋复春，嫦娥孤栖与谁邻？

_____

_____

2. 今人不见古时月，今月曾经照古人。

_____

_____

史海钩沉

天问（节选）

战国·屈原

曰：遂古之初，谁传道之？上下未形，何由考之？冥昭瞢暗，谁能极之？冯翼惟象，何以识之？明明暗暗，惟时何为？阴阳三合，何本何化？圜则九重，孰营度之？惟兹何功，孰初作之？斡维焉系？天极焉加？八柱何当？东南何亏？九天之际，安放安属？隅隈多有，谁知其数？天何所沓？十二焉分？日月安属？列星安陈？出自汤谷，次于蒙汜。自明及晦，所行几里？夜光何德，死则又育？厥利维何，而顾菟在腹？女岐无合，夫焉取

图4-1-2 天问

九子？伯强何处？惠气安在？何阖而晦？何开而明？角宿未旦，曜灵安藏？

释　义

请问：远古之初的情形，是谁把它流传下来的？当时天地还没有形成，又怎么能够加以证明？明暗不分，混沌一片，谁能知道它本来面目？大气混沌一团，如何才能认清？白昼明亮，夜间昏暗，上天为什么这样安排？阴阳二气掺合衍生万物，哪个是本原，哪个是支派？圆圆的天盖共有九层，是谁去环绕测量的？这样一个工程多么浩大，最初由谁开始建造的？斗柄的绳子到底拴在哪里？天宇的顶盖究竟架在何方？八根擎天柱与哪八座山相当？为何东南地势低陷海水茫茫？天的中央和八方的边际，各在哪里依傍相连？天地之间角落众多，谁能确定他们的数目？天地在哪里会合？十二辰怎样划分？日月怎样悬停在空中？群星在哪里列位？太阳从旸谷升起，到太蒙落地。从天亮到天黑，它到底走了多少里程？月亮到底有何本领，竟然能够死而复活？究竟有什么好处，能让玉兔留居在怀中？女岐并未成婚，为什么能生九个孩子？风神伯强住在何处？风从哪里吹来？什么关闭就天黑？什么打开就天亮？东方还没有亮之前，太阳藏在什么地方？

视听链接

纪录片《飞向月球》

月亮是从哪里来的？如果没有月球，地球将会怎样？人类千百年来的疑问，现代科学是否能够一一解答？从古至今对月球的向往，也催生着一代代人尝试探索月球。直到20世纪后期，人类才真正开启了探月的旅程。而中国开展的月球探测工程，使"嫦娥奔月"的神话成为科学探索的事实。在明确的目标指引下，2007年，嫦娥一号成功抵达月球，展开科学探测，震撼发布中国首张三维全月图。这不仅凝聚着中国科学家的智慧与心血，更承载着中华民族千年的奔月梦想。2020年，嫦娥五号成功发射，实现了中国首次月球无人采样返回，为未来我国开展月球探测和行星探测奠定了坚实的基础。

观看纪录片后，请谈谈你的感想。

第二节 春夏秋冬 田园兴浓

文化揽要

本节精读篇目选自范成大的《四时田园杂兴》，选读篇目为王维的《终南别业》。

范成大，字至能，南宋名臣、文学家，著有《范石湖集》，他的《四时田园杂兴》是退居家乡后写的一组大型的田园诗。杂兴意为有感而发，随事吟咏的诗篇。宋孝宗淳熙十年（1183），范成大回到石湖定居，目睹了该地一年四季的景色和农民的生活，写下春、夏、秋、冬四组田园诗，分为"春日""晚春""夏日""秋日""冬日"五辑，每辑12首，共计60篇，即《四时田园杂兴》（图4-2-1，图4-2-2，图4-2-3，图4-2-4）。范成大诗风平易浅显、清新妩媚，题材广泛，以反映农村社会生活的作品成就最高，风格清新明快、优美流畅，有民歌的特色，是古代田园诗的集大成者。

王维，字摩诘，盛唐时期著名的山水田园派诗人，其诗、画成就都很高，苏东坡赞他"诗中有画，画中有诗"。开元二十九年（741），王维在长安南郊的终南山隐居，《终南别业》这首诗意在写隐居终南山之闲适怡乐，随遇而安之情（图4-2-5）。王维的作品多富有禅意，文学史尊称他为"诗佛"。这首诗生动传神地刻画了一位不问世事的隐居者形象，同时也表明了自己的思想皈依。

田园风光旖旎，是梦开始的地方，也是文人墨客魂牵梦萦的归宿。从这些诗歌作品中，我们可以感受到古人对自然、对生活的热爱之情，并从中体悟其生活情趣和价值观念。

四时田园杂兴（其十二）

南宋·范成大

桑下春蔬绿满畦，
菘①心青嫩芥苔②肥。
溪头洗择店头卖，
日暮裹盐③沽④酒归。

注　释

① 菘（sōng）：《本草纲目》中有两种说法："一种茎圆厚微青，一种茎扁薄而白。"前者指油菜，后者指大白菜。这里应该是指油菜。

② 芥苔：是芥菜开花新生的嫩茎。

③ 裹盐：买盐，按斤或两称好，用纸包裹起来。

④ 沽（gū）：买。沽酒即买酒。

图4-2-1 春日杂兴

文化赏析

　　"桑下春蔬绿满畦，菘心青嫩芥苔肥"一句写了早春景色。"日暮裹盐沽酒归"是说蔬菜自给有余，还可以将剩余的菜卖钱后从集市买盐和酒。整首诗的美不在于辞藻华丽、立意高远，相反，全诗带着浅淡的生活气息，与陶渊明的生活趣味如出一辙。

各抒己见

　　读完全诗，你觉得作者的田园生活怎么样？你是否向往这样的生活？

撷英咀华

四时田园杂兴（其二十五）

南宋·范成大

梅子金黄杏子肥，
麦花雪白菜花稀。
日长篱落无人过[①]，
惟有蜻蜓蛱蝶[②]飞。

图4-2-2　夏日杂兴

注　释

① 日长：指夏季里白天的时间比别的季节　　② 蛱（jiá）蝶：一种蝴蝶。
　的白天都长。篱落：篱笆。

文化赏析

　　这首写初夏江南的田园景色。诗中用梅子黄、杏子肥、麦花白、菜花稀写出了夏季南方农村景物的特点，有花有果，有色有形。前两句写出梅黄杏肥，麦花白、菜花稀，色彩鲜丽。诗的第三句从侧面写出了农民劳动的情况：初夏农事正忙，农民早出晚归，所以白天很少见到行人。最后一句又以"惟有蜻蜓蛱蝶飞"来以动衬静，使全诗意味深长。

各抒己见

　　本诗是一幅恬静优美的"田园风光图"，你觉得该诗最高妙的地方在哪里？

撷英咀华

四时田园杂兴（其四十四）

南宋·范成大

新筑场①泥镜面平，
家家打稻趁霜晴②。
笑歌声里轻雷动，
一夜连枷③响到明。

图4-2-3　秋日打谷

注　释

① 场：打谷场。

② 霜晴：下霜后的晴天。

③ 连枷：由一个长柄和一组平排的竹条或

木条构成，用来拍打谷物、小麦、豆子、芝麻等，使籽粒掉下来。

文化赏析

　　这首诗写的是秋收打谷子的场景。"新筑场泥镜面平"一句以镜面比喻新场，形象地描绘了打谷场的平整光滑。"家家打稻趁霜晴"写出了家家户户趁着霜后的晴天打稻子的情景。"笑歌声里轻雷动"写出了打稻声、笑声、歌声如轻雷鸣响，映衬出农民们丰收的喜悦之情。"一夜连枷响到明"写农民们整夜挥舞连枷直到天亮。全诗表达了作者丰收的喜悦和对劳动的赞美。

各抒己见

　　同样是田间地头的劳作，为什么在有的诗人笔下就是"锄禾日当午，汗滴禾下土""足蒸暑土气，背灼炎天光"这样煎熬且辛苦的基调？而在范成大笔下则是"童孙未解供耕织，也傍桑阴学种瓜""惟有橘园风景异，碧<u>丛</u>丛里万黄金"的活泼和喜悦？

撷英咀华

四时田园杂兴（其五十七）

南宋·范成大

煮酒春前腊后^①蒸，
一年长飨瓮头清^②。
廛居^③何似山居乐，
秫米新来禁入城^④。

注　释

① 春前腊后：实际上是指同一时间，但用"春前"指一年之首，"腊后"指一年之尾，以衬托下句"一年"的时间概念。

② 飨（xiǎng）：本意指以酒食待客，这里指自己享用。瓮头清：指酒。

③ 廛（chán）：古代城市平民一户人家所居的房地。廛居：住在城市中。

④ 秫（shú）米：高粱米，用以酿酒。这一句是说近来禁止秫米入城，意指官府禁用秫米酿酒，以保证征调和日常食用。

图4-2-4　冬日杂兴

文化赏析

　　这首诗以山居可以一年尽享饮酒之乐，而住在城市中饮酒却要受种种禁令的约束，来区别隐士的生活和世俗的生活何者更为自由、快乐。整首诗颇以隐居田园为乐，有洋洋自得之意。

各抒己见

　　你觉得城市与乡村的生活各有哪些趣味？请举例分享。

牛刀小试

牛刀小试

一、单选题

1. "桑下春蔬绿满畦，菘心青嫩芥薹肥"一句写的是（　　）景色。

    A. 早春　　　　　　　　B. 晚春

    C. 仲春　　　　　　　　D. 初夏

2. 范成大的《四时田园杂兴》中"兴"的读音是（　　）。

    A. xīn　　　　　　　　B. xīng

    C. xìn　　　　　　　　D. xìng

3. "麦花雪白菜花稀"中的"菜花"为什么"稀"？（　　）

    A. 未开而稀

    B. 开败而稀

    C. 因与麦花繁盛对比而稀

    D. 因长势不好而稀

4. 范成大与杨万里、陆游和（　　）合称南宋"中兴四大诗人"。

    A. 姜夔　　　　　　　　B. 刘克庄

    C. 王安石　　　　　　　D. 尤袤

5. 下列不属于范成大的文学作品的是（　　）。

    A.《石湖集》　　　　　　B.《揽辔录》

    C.《吴船录》　　　　　　D.《剑南诗稿》

二、判断题

1. "菘心青嫩芥苔肥"与"梅子金黄杏子肥"两句中的"肥"字都是名词活用作形容词。(　　)

2. "新筑场泥镜面平"采用了比喻的修辞手法。(　　)

3. "日长篱落无人过"中"长"的注音是cháng。(　　)

4. "日长篱落无人过，惟有蜻蜓蛱蝶飞"是以动衬静的写法。(　　)

5. "溪头洗择店头卖，日暮裹盐沽酒归"一句写出了农家恬淡的生活气息。(　　)

三、翻译题

1. 桑下春蔬绿满畦，菘心青嫩芥苔肥。

_____

_____

2. 日长篱落无人过，惟有蜻蜓蛱蝶飞。

_____

_____

3. 笑歌声里轻雷动，一夜连枷响到明。

_____

_____

4. 廛居何似山居乐，秫米新来禁入城。

_____

_____

史海钩沉

终南别业

唐·王维

微 课

中岁颇好道，晚家南山陲。

兴来每独往，胜事空自知。

行到水穷处，坐看云起时。

偶然值林叟，谈笑无还期。

释　义

　　中年以后存有较浓的崇佛之心，直到晚年才安家于终南山边陲。兴意浓时常常独来独往地游玩，闲适之乐只有自己才能体会。有时沿着山中的溪流走到水的尽头，就坐下来仰看白云从山中涌起的情景。偶然在林间遇见一个乡村父老，与他相谈甚欢，不知不觉间竟忘了回家。

视听链接

纪录片《舌尖上的中国·第二季·时节》

　　《舌尖上的中国　第二季》第一集《时节》记录了人们春种、秋收、夏耘、冬藏的习惯，沿袭祖先的智慧来安排饮食，已内化为中国人特有的文化。该纪录片穿越一年四季，冬、春、夏、秋，在时节变换中寻找属于每个季节的独特美食，最后再回到冬季，以年夜饭结尾。

　　看完纪录片后，请谈谈你的感受。

图 4-2-5　王维

第三节　梅兰竹菊 君子气节

文化揽要

本节精读篇目为林逋的《山园小梅（其一）》和陶渊明的《饮酒（其七）》，选读篇目为杨万里的《兰花》与徐庭筠的《咏竹》。

林逋，字君复，后人称为和靖先生，北宋著名隐逸诗人。林逋隐居西湖孤山，终生不仕不娶，唯喜植梅养鹤，人称"梅妻鹤子"（图4-3-1）。《山园小梅》是两首咏物诗，其中第一首历来为读者称道赞赏。陶渊明（图4-3-2），字元亮，别号五柳先生，世称靖节先生。东晋末期杰出的辞赋家、散文家，被誉为"隐逸诗人之宗""田园诗派之鼻祖"。《饮酒二十首》是他创作的一组五言诗，该组诗借酒为题，表达了对历史、对生活的感想。其中第七首写饮酒和赏菊，借菊花坚毅的性质彰显自己淡泊洒脱的情操。

杨万里的《兰花》（图4-3-3）是一首七言律诗，既描绘了兰花的形神姿色，又赞美了兰花的品格与情操，实属写兰佳作。最后由兰花自发议论，借兰花之口表现高洁与清雅。诗作表现手法灵活，写作角度多变，韵味曲折，意蕴含蓄悠远。南宋诗人徐庭筠的《咏竹》（图4-3-4）赞扬了竹的不可毁其节的刚正及虚心谦卑的态度，全诗清新雅致，意气豪迈，情感昂扬，作者百折不挠的气概与宏伟博大的抱负跃然纸上。

梅兰竹菊是花中四君子，各有不同的象征意义。梅象征坚韧不拔、不屈不挠的品格，兰象征疏远污浊、高洁脱俗的思想情操，竹象征谦逊有节的高雅人士，菊有傲霜斗雪的精神。通过本节的学习，我们可以进一步了解中国古代君子气节的真正内涵，提高个人修养与气质。

山园小梅（其一）

北宋·林逋

众芳摇落独暄妍①，占尽风情向小园。

疏影横斜②水清浅，暗香浮动③月黄昏。

霜禽④欲下先偷眼，粉蝶如知合⑤断魂。

幸有微吟可相狎⑥，不须檀板共金樽⑦。

注　释

① 众芳：百花。摇落：被风吹落。暄妍：
明媚美丽。

② 疏影横斜：梅花疏疏落落，斜横枝干投
在水中的影子。

③ 暗香浮动：梅花散发的清幽香味在飘动。

④ 霜禽：白色羽毛的鸟。一指"白鹤"，
二指"冬天的禽鸟"，从作者被称为
"梅妻鹤子"来推论，或特指白鹤。与

下句中夏天的"粉蝶"相对。

⑤ 合：应该，理当。

⑥ 微吟：指咏梅诗，意指本诗。狎（xiá）：
指咏梅诗与梅花互相投合，相得益彰。

⑦ 檀板：演唱时用的檀木拍板，此处指
歌唱。金樽：旧时泛指酒杯，此处指
代美酒。

图4-3-1　梅妻鹤子

文化赏析

此诗首联写作者对梅花的喜爱与赞颂之情，"众芳摇落独暄妍，占尽风情向小园"，它在百花凋零的严冬迎着寒风昂然盛开，那明丽动人的景色把小园的风光占尽了。一个"独"字，一个"尽"字，充分表现了梅花独特的生活环境、不同凡响的性格和引人入胜的风韵。作者虽是咏梅，实则是自己"弗趋荣利""趣向博远"的真实写照。苏轼曾在《书林逋诗后》中说："先生可是绝伦人，神清骨冷无尘俗。"其诗正是作者人格的化身。颔联对梅花具体形象进行描绘，"疏影横斜水清浅，暗香浮动月黄昏"一句把梅花的气质风姿写到了妙绝的地步。尤其是"疏影""暗香"二词用得极好，它既写出了梅花不同于牡丹、芍药的独特形态，又写出了它异于桃李的独有芬芳，极真实地表现了诗人在朦胧月色下对梅花清幽香气的感受。颈联写白鹤爱梅之甚，还未来得及飞下来赏梅，就迫不及待地先偷看梅花几眼。"合断魂"一词更是把蝴蝶对梅的喜爱夸张到了极点。"霜""粉"二字，也是诗人精心择取，用来表现他高洁的情操和淡远的趣味。尾联两句借鉴了前人的诗句。五代南唐江为有残句："竹影横斜水清浅，桂香浮动月黄昏。"这两句既写竹，又写桂。但未写出竹影的特点，也未道出桂花的清香。因无题，又没有完整的诗篇，未能构成一个统一和谐的主题和意境，故缺乏感人力量。而林逋将"竹"改成"疏"，将"桂"改成"暗"，这点睛之笔使梅花形神活现，可见林逋点化诗句的才华。

各抒己见

"疏影横斜水清浅，暗香浮动月黄昏"一句妙在何处？

图4-3-2　陶渊明

撷英咀华

饮酒（其七）

东晋·陶渊明

秋菊有佳色，裛露掇其英①。
泛此忘忧物②，远我遗世情③。
一觞虽独进，杯尽壶自倾。
日入群动息④，归鸟趋林鸣。
啸傲东轩下⑤，聊复得此生⑥。

注　释

① 裛（yì）：通"浥"，沾湿。裛露：沾带
露水。掇（duō）：采摘。英：花。

② 泛：浮。意即将菊花泡在酒中。此：指
菊。忘忧物：指酒。

③ 远：使……远。遗世情：隐世之情。

④ 群动：各类活动的生物。息：歇息，
止息。

⑤ 啸傲：谓言动自在，无拘无束。轩：窗。

⑥ 得此生：得到人生的真意，即悠闲适意
的生活。

文化赏析

　　此诗写对菊饮酒的悠然自得，实际蕴藏着深沉的感伤。秋天是菊花的季
节，在百花早已凋谢的秋日，唯独菊花不畏严霜，灿然独放，表现出坚贞高洁
的品格。此诗首句"秋菊有佳色"亦是对菊的倾心赞美。"裛露掇其英"，带露
摘花，色香俱佳。采菊并服食菊花有志趣高洁的寓意，而通篇之高远寓意，亦
皆由菊引发。

　　"泛此忘忧物，远我遗世情"二句透出了作者胸中的郁愤之情。因为陶渊
明本来想做一番"大济于苍生"的事业，只是后来在官场中亲眼看到当时政治
黑暗，这才决心归隐的。

　　"一觞虽独进，杯尽壶自倾"具体叙写了饮酒的乐趣和感想，描绘出一个宁静美好的境界，是对"遗世情"的形象写照。"虽"字、"自"字洗去孤寂冷落之感，"自"字显得酒壶也颇解人意，为诗人手中的酒杯殷勤地添酒。"倾"字不仅指向杯中斟酒，还有酒壶倾尽之意，可见他自酌的时间之长、兴致之高、饮酒之多。所以从这两句到"日入"两句，不仅描写的方面不同，还包含着时间的推移。随着饮酒的增多，作者的感触也多了起来。

　　"日入群动息"是总论，"归鸟趋林鸣"是于群动中特取一物以证之。也可以说，因见归鸟趋林，所以悟出日入之时正是群动止息之际。这里以动写静、以声写寂。而环境的宁静优美，又衬托出作者的闲适心情。这两句是写景，同时也是作者此时志趣的寄托。趋林之鸟本来是无意中所见，但它却唤起了作者的感慨深思：群动皆有止息之时，飞鸟日落犹知还巢，人生何独不然？鸟儿始飞终归的过程，就像是作者由出仕到归隐的生活历程。这里既是兴，也是比，又是即目写景，三者浑然一体，表现手法非常高妙。

　　末尾表达了隐居终身的决心。"啸"是噘口发出长而清越的声音，是古人抒发感情的一种方式。对菊饮酒，啸歌采菊，自是人生之至乐。不为外物所役使，按照自己的心意自由地生活，也就是苏东坡所说的"靖节以无事自适为得此生，则凡役于物者，非失此生耶？"（《东坡题跋·题渊明诗》）"得此生"和"失此生"实指归隐和做官。啸傲东轩，是隐居悠闲之乐的形象描绘，它是赞美，是庆幸，也是意愿。然而，"聊复"一词又给这一切罩上了一层无可奈何的色彩，它上承"忘忧""遗世"，仍然表现出壮志难酬的憾恨，并非一味地悠然陶然。

牛刀小试

牛刀小试

一、单选题

1. 林逋的"逋"读音正确的是（　　）。

　　A. fū　　　　B. fǔ　　　　C. bū　　　　D. pǔ

2. 下列各项对《饮酒（其七）》的理解和分析不恰当的是（　　）。

    A. "忘忧物"即酒，诗人将菊花泡在酒中制成菊花酒来品尝，想要借此忘却尘世的忧愁

    B. "一觞虽独尽，杯尽壶自倾"写诗人有美酒却只能独饮，表达浓烈且难以排遣的孤独

    C. "趋""鸣"都是动态的，诗人运用以动衬静的手法，使周围环境显得更加宁静清幽

    D. 这首五言诗的语言平淡质朴，融抒情、写景为一体，字里行间蕴含了作者真挚的情感

3. 《山园小梅》的尾联运用了何种表达方式？（　　）

    A. 记叙　　　B. 描写　　　C. 抒情　　　D. 议论

4. 下列各项对《饮酒（其七）》的理解不正确的是（　　）。

    A. "秋菊有佳色"中"佳色"意思是"欢笑"，写诗人看见秋天菊花盛开露出高兴的表情

    B. "泛此忘忧物"中"忘忧物"指酒，曹操《短歌行》中就有"何以解忧，唯有杜康"句

    C. "远我遗世情"意思是远离世俗，遗世独立，与"复驾言兮焉求"表达的情感是一致的

    D. "归鸟趋林鸣"，诗人以飞鸟自喻，有"倦飞而知还"的意思，表达了作者归隐的喜悦

5. "霜禽欲下先偷眼，粉蝶如知合断魂"一联运用了什么修辞手法？（　　）

    A. 比喻　　　B. 拟人　　　C. 夸张　　　D. 借代

二、判断题

1. 首联中"独"字突出了梅花的特点，着意强调梅花的与众不同。（　　）

2. "杯尽壶自倾"中"自倾"写出诗人自酌时的孤独。（　　）

3. "疏影横斜水清浅"写的是姿态，但又不是直接写姿态，而是着重写水中的梅影。（　　）

4. "霜禽欲下先偷眼"写出了霜禽对梅花不敢随随便便，而是既爱且敬。（　　）

5. "日入"两句表现了傍晚时分万物消歇、众鸟回巢的安宁景象，也表现了诗人内心的孤寂与苦闷。（　　）

三、翻译题

1. 疏影横斜水清浅，暗香浮动月黄昏。

　　_____

　　_____

2. 霜禽欲下先偷眼，粉蝶如知合断魂。

　　_____

　　_____

3. 秋菊有佳色，裛露掇其英。

　　_____

　　_____

4. 日入群动息，归鸟趋林鸣。

　　_____

　　_____

图4-3-3 兰花

史海钩沉

兰 花

南宋·杨万里

雪径偷开浅碧花，冰根乱吐小红芽。

生无桃李春风面，名在山林处士家。

政坐国香到朝市，不容霜节老云霞。

江蓠圃蕙非吾耦，付与骚人定等差。

释　义

　　小路上还有残雪覆盖，兰花便悄悄地绽放了几朵淡淡的小花，冰天雪地里幽兰的根茎杂乱地吐出了新芽。这些幽兰虽然没有桃李般姹紫嫣红的容貌，但在那些山林处士的家里却是名气显赫的老知交。它们不屑与牡丹一样，同在集市中受欢迎，就连菊花也比不上它们的幽香。它们也不与江蓠、蕙蒲同道，更不像江蓠、蕙蒲一样任凭文人骚客评价。

史海钩沉

图4-3-4　咏竹

咏　竹

宋·徐庭筠

不论台阁与山林，
爱尔岂惟千亩阴。
未出土时先有节，
便凌云去也无心。
葛陂始与龙俱化，
嶰谷聊同凤一吟。
月朗风清良夜永，
可怜王子独知音。

释　义

　　无论亭台楼阁还是茂密森林，我唯独爱那千亩的竹荫。竹子在没有破土而出的时候便已经有骨节，长到云层的竹子内部仍然是空心的。葛陂之竹早已化龙而去，嶰谷之竹可以制成十二筒以听凤之鸣。在这月朗风清的美好夜晚，可惜只有东晋名士王徽之才是我的知音。

视听链接

电视剧《屈原》（1999年版）

　　《屈原》是由张今标导演的中国大陆电视剧。该剧以屈原几番使齐、几度重用、几次贬官，最终因国灭而沉江的命运为主线，演绎了春秋战国时代群雄纷争、强胜弱败的悲壮故事。在当时，秦国欲先灭楚国而后鲸吞六国，深得楚怀王重用的屈原一心致力于改革旧弊、强楚兴邦，秦国不惜重金贿赂以靳尚、南后为首的楚国王公贵族，使屈原陷于孤立状态。屈原的一腔爱国之情无处施展，治国方略屡次受挫。由于楚国内政的各种弊端和贵族阶层的腐败，六国会盟对秦作战最终失败，历史无情地淘汰了楚国。

　　观看该剧后，请你对屈原沉江的历史事实进行评述，并谈谈你对屈原的看法。

第四节　横琴对弈 饮酒赏花

文化揽要

　　本节精读篇目为欧阳修的《江上弹琴》和杜荀鹤的《观棋》，选读篇目是柳宗元的《饮酒》和邵雍的《善赏花吟》。

　　欧阳修，号醉翁，晚号六一居士，北宋文学家。他一生不仅喜欢弹琴、听琴、藏琴，而且喜欢写琴诗、琴文，以记琴声与琴事、以论琴意与琴理，深得琴中趣味。选文《江上弹琴》（图4-4-1）寓情于景、借景抒情，通过音律来描绘视觉形象、酝酿情绪，可以看出弹奏古曲犹如与古人促膝谈心并非虚妄。杜荀鹤的《观棋》（图4-4-2）以观棋者的身份写出了下棋人的心理。正所谓"当局者迷，旁观者清"，正是这首诗所描绘的情况。

　　《饮酒》（图4-4-3）是唐代文学家柳宗元创作的一首五言诗。柳宗元被贬永州之后情绪低落，最终以旷达之语写出了自己在特定环境中似醉非醉的状态，以及蔑视世俗的鲜明个性。全诗语言质朴自然，情感跌宕起伏，堪称佳作。邵雍的《善赏花吟》（图4-4-4）全诗充满理趣，此诗以赏花为例，探讨了关于美学鉴赏的问题，指出善于鉴赏者，不在于观赏花的外貌颜色，而是取其精神奥妙。

　　横琴对弈、饮酒赏花是古代文人喜爱的高雅活动，其精神内涵意蕴深远。通过本节的学习我们可以进一步了解中国文化，感悟文人思想，提高精神品格。

江上弹琴

北宋·欧阳修

江水深无声，江云夜不明。
抱琴舟上弹，栖①鸟林中惊。
游鱼为跳跃，山风助清泠。
境寂听愈真，弦舒心已平。
用兹有道器②，寄此无景情。
经纬③文章合，谐和雌雄鸣。
飒飒骤风雨，隆隆隐雷霆。
无射④变凛冽，黄钟⑤催发生。
咏歌文王雅⑥，怨刺离骚经⑦。
二典⑧意澹薄，三盘语丁宁⑨。
琴声虽可状，琴意谁可听。

图4-4-1　江上弹琴

注　释

① 栖（qī）鸟：栖宿于树上的鸟。

② 兹：这个，此。有道：有才艺或有道德。有道器：指琴，喻琴是有高雅特质、为文人传道代言的器物。

③ 经纬：指文章结构的纵横条理。陆云《与平原书》载："文章当贵经纬。"

④ 无射：古十二律之一，位于戌，故亦指夏历九月。《周礼·春官·大司乐》载："乃奏无射，歌夹钟，舞《大武》，以享先祖。"郑玄注："无射，阳声之下也。"

⑤ 黄钟：十二律中的第一律。《礼记·月令》载："（季夏之月）其日戊己，其帝黄帝，其神后土，其虫倮，其音宫，律中黄钟之宫。"孔颖达疏："黄钟宫最长，为声调之始，十二宫之主。"《吕氏春秋·适音》载："黄钟之宫，音之本也，清浊之衷也。"

⑥ 文王雅：即《文王操》，乐府琴曲名，传为周文王所作。《乐府诗集·琴曲歌辞一·文王操》郭茂倩题解："《琴操》曰：'纣为无道，诸侯皆归文王，其后有凤凰衔书于郊，文王乃作此歌。'谢希逸《琴论》：'《文王操》，文王作也。'"

⑦ 怨刺离骚经：《史记·屈原贾生列传》载："离骚者，犹离忧也……屈平正道直行，竭忠尽智以事其君，谗人间之，可谓穷矣。信而见疑，忠而被谤，能无怨乎？屈平之作《离骚》，盖自怨生也。"

⑧ 二典：《尚书》中的《尧典》和《舜典》。《尚书序》载："少吴、颛顼、高辛、唐、虞之书，谓五典。"孔颖达疏："今《尧典》《舜典》，是二帝二典。"《宋史·太祖纪》载："晚好读书，尝读'二典'，叹曰：'尧、舜之罪四凶，止从投窜，何近代法网之密乎！'"

⑨ 三盘：《尚书》中的《盘庚》上、《盘庚》中和《盘庚》下，共三篇，故曰三盘。

文化赏析

　　在琴曲中，江水、山风、栖鸟、游鱼都是音乐的组成部分。该诗寓情于景、借景抒情，通过音律来描绘视觉形象、酝酿情绪，优美地体现了琴曲的审美情趣在于"深、远、古、淡、清、静、寂、冷、和、舒、意、真"，进而产生一种与自然交融、物我合一的意境。"游鱼为跳跃，山风助清泠。境寂听愈真，弦舒心已平"四句描写了琴声之功效，抒发了文人雅韵之情致。"用兹有道器，寄此无景情"上升到哲学层面，写出了弹琴之技艺的高深莫测。紧接着集中数句描摹琴声之状，揭示琴声中五音的深刻韵味，展示了什么是真正的音乐、什么是音乐的至高境界。古琴是偏向静态之美的艺术，因此弹琴讲究幽静的外在环境与平和闲适的内在心态相配合，方能追求琴曲中心物相合、主客为一的艺术境界。

各抒己见

"用兹有道器，寄此无景情"这句话该如何理解？

撷英咀华

观　棋

唐·杜荀鹤①

对面不相见，用心同用兵。
算人常欲杀②，顾己自贪生。
得势侵吞远③，乘危打劫④赢。
有时逢敌手，当局到深更⑤。

图 4-4-2　观棋

注 释

① 杜荀鹤：字彦之，自号九华山人。他出身寒微，中年始中进士，仍未授官，乃返乡闲居。其诗语言通俗、风格清新，后人称"杜荀鹤体"。

② 算人：打对方的主意。算：谋算。杀：指吃掉对方的棋子。

③ 远：指乘势深入对方棋阵。

④ 乘危打劫：乘人之危，趁火打劫。意指下棋时不讲"温良恭俭让"的仁义道德。

⑤ 深更：深夜。

文化赏析

《观棋》这首诗从旁观者这一特殊的视角，绘声绘色且状物传神地描绘了一场棋战，同时写出了观棋者的感受。"对面不相见，用心同用兵"的意思是说，双方虽然面对面，但都不知道对方的想法，就像用兵打仗一样，不能让对方摸到底。"算人常欲杀，顾己自贪生"描绘对弈双方的心理活动，进攻时常常会谋算取胜，防守时又会小心谨慎害怕被对手吃掉棋子。"得势侵吞远，乘危打劫赢"则突出某一方在局势上常常有贪胜心理。最后两句描写了棋逢对手、将遇良才、势均力敌的时候，双方往往会苦战到深夜一决胜负。整首诗通俗易懂，极具生活气息。

各抒己见

你是否有过下棋的经历？若有，请谈一谈你下棋时的心理感受。

牛刀小试

牛刀小试

一、单选题

1. "游鱼为跳跃，山风助清泠"一句运用了（　　）的修辞手法。

   A. 排比　　B. 拟人　　C. 夸张　　D. 借代

2. 《观棋》首句"对面不相见，用心同用兵"采用了（　　）的修辞
   手法。

   A. 比喻　　　B. 拟人　　　C. 对偶　　　D. 借代

3. "无射变凛冽，黄钟催发生"中"无射"与"黄钟"也指夏历（　　）。

   A. 九月和十月　　　　　　B. 九月和十一月

   C. 八月和十一月　　　　　D. 十月和十一月

4. "无射变凛冽，黄钟催发生"中"射"的读音是（　　）。

   A. shè　　　B. sè　　　C. yè　　　D. yì

5. 《观棋》中"得势侵吞远，乘危打劫赢"与下面哪家的思想最
   接近？（　　）

   A. 儒家　　　B. 道家　　　C. 墨家　　　D. 兵家

二、判断题

1. "用兹有道器"中"道器"是指道士做法的器物。（　　）

2. 杜荀鹤是中唐著名的现实主义诗人，他提倡诗歌要继承风雅传
   统，反对浮华，其诗作平易自然，质朴明畅，清新秀逸。（　　）

3. 欧阳修与韩愈、柳宗元、苏轼合称"千古文章四大家"。（　　）

4. 唐宋八大家中的宋代五家均出自欧阳修的门下，而且都是以布
   衣之身被他相中、提携而名扬天下。（　　）

5. "算人常欲杀"中的"杀"是指用刀杀死对手。（　　）

三、翻译题

1. 游鱼为跳跃，山风助清泠。

   _____

   _____

2. 琴声虽可状，琴意谁可听。

   _____

   _____

3. 算人常欲杀，顾己自贪生。

_____

_____

4. 得势侵吞远，乘危打劫赢。

_____

_____

史海钩沉

饮　酒

唐·柳宗元

今夕少愉乐，起坐开清尊。

举觞酹先酒，为我驱忧烦。

须臾心自殊，顿觉天地暄。

连山变幽晦，绿水函晏温。

蔼蔼南郭门，树木一何繁。

清阴可自庇，竟夕闻佳言。

尽醉无复辞，偃卧有芳荪。

彼哉晋楚富，此道未必存。

图4-4-3　饮酒

释　义

　　早上醒来，心中有些不畅快，情绪比较低落，离座而起打开一樽清酒。我举起酒杯祭奠造酒的祖师，是他留下美酒为我驱逐烦恼和忧愁。一会儿便感觉有些不一样，顿时觉得天地之间热闹非凡。连绵的高山不再幽暗，碧绿的流水也温暖起来。南城门外的树木郁郁葱葱，叶茂枝繁。清凉的树荫可以庇护自己，可以在树下乘凉聊天。即使喝醉也不要推辞，这里有繁茂的芳草可以供我们躺卧。即便是那些富甲一方的达官显贵们，也未必了解饮酒的快乐。

史海钩沉

善赏花吟

北宋·邵雍

人不善赏花，只爱花之貌。

人或善赏花，只爱花之妙。

花貌在颜色，颜色人可效。

花妙在精神，精神人莫造。

图4-4-4　赏花

释　义

有的人不善于赏花，只是喜爱花的外貌。有的人善于赏花，是喜爱花儿的绝妙。花的外貌在于颜色的艳丽，颜色这种东西人是可以效仿的。花儿鲜活生动之处在于精神，精神是传达内涵气质的东西，这是人无法仿造的。

视听链接

古琴曲《广陵散》《高山流水》

《广陵散》又名《广陵止息》，是中国音乐史上非常著名的十大古琴曲之一。魏晋时期，嵇康以善弹此曲著称，行刑前仍从容不迫，索琴弹奏此曲，并慨然长叹："《广陵散》于今绝矣！"《高山流水》也是中国十大古琴曲之一。相传先秦琴师俞伯牙在荒山野地弹琴，钟子期竟能领会这是描绘"峨峨兮若泰山"和"洋洋兮若江河"之景。伯牙惊道："善哉，子之心而与吾心同。"钟子期死后，伯牙痛失知音，摔琴绝弦，此生不再弹琴，故有高山流水之曲。

请欣赏古琴曲《广陵散》和《高山流水》，谈谈你对中国古琴的文化意境的理解。

书海泛舟

1. 屈原《楚辞》

2. 彭定求《全唐诗》

3. 唐圭璋《全宋词》

4. 郭茂倩《乐府诗集》

5. 范成大《四时田园杂兴》

专题五 国学国粹 传承弘扬

国学，从广义上来说是指中国历代的文化传承和学术记载，以先秦经典及诸子百家学说为根基，涵盖两汉经学、魏晋玄学、隋唐佛学、宋明理学、明清实学和同时期的先秦诗赋、汉赋、六朝骈文、唐宋诗词、元曲与明清小说并历代史学等一套完整的文化、学术体系。中国历史上的"国学"是指以国子监为首的官学，自"西学东渐"后，相对"西学"而言，"国学"泛指"中国传统思想文化学术"。国粹，指中华民族传统文化中最具代表性、富有独特内涵并深受各时期人们欢迎的文化遗产。中国的国粹有很多，其中誉满中外的中国书画、中国武术、中国戏剧（尤其是京剧）、中国医学最能体现中国的文化特色。

本专题旨在让学生了解书法、绘画、戏剧、中医等文化精粹，理解中国传统文化的精义内涵，让学生感悟国学、国粹的深沉魅力，树立文化自信，传承弘扬中华优秀传统文化。同时进一步激发学生灵感，从而使其具有美的理想、美的情操、美的品格和美的素养。

第一节　　书法传情 翰墨飘香

文化揽要

　　本节精读篇目是苏轼的《寒食雨二首》，选读篇目为王羲之的《记白云先生书诀》和王僧虔的《书赋》。

　　苏轼博通经史，是一位全才，在诗、词、赋、散文、书法、绘画等方面均有极高的成就，蜚声北宋文坛。《寒食帖》（图5-1-1）又名《黄州寒食诗帖》或《黄州寒食帖》，现藏于台北故宫博物院。此帖是苏轼的行书代表作，是其在被贬黄州第三年的寒食节所发出的人生之叹。诗写得苍凉多情，表达了苏轼惆怅孤独的心情。书法也正是在这种心情和境况下有感而出。笔势起伏跌宕，气势奔放，而无荒率之笔，是苏轼书法作品中的上乘之作。

　　王羲之（图5-1-2）的《记白云先生书诀》和王僧虔（图5-1-3）的《书赋》是两篇书论。《记白云先生书诀》把书家的气质、书作的气韵与书法自身的艺术规律相联系，把书法艺术与宇宙人生相联系。重视人与自然亲和为一的意境，指出书法家在创作时只有达到天人合一的境地，将字体的每一构件与自然万物相联系，才能使书法达到至善境地。《书赋》则指出书法创作与作者的形象思维活动是紧密相连的，尤其重视"人"在艺术创作中的地位和作用。

　　在世界书法史上，唯有中国传统书法能够超越实用的局限而成为一门独特的艺术。学习这三篇作品，可以体悟中国书法艺术与中华民族精神合而为一的境界，也能感受到中华传统文化中"贵和尚中"的思想。

撷英咀华

寒食雨二首

北宋·苏轼

微 课

自我来黄州，已过三寒食①。年年欲惜春，春去不容惜。今年又苦雨②，两月秋萧瑟③。卧闻海棠花，泥污燕脂雪④。暗中偷负去，夜半真有力⑤。何殊病少年⑥，病起头已白。

春江欲入户，雨势来不已。小屋如渔舟，蒙蒙水云里。空庖煮寒菜⑦，破灶烧湿苇。那知是寒食，但见乌衔纸⑧。君门深九重，坟墓在万里⑨。也拟哭途穷，死灰吹不起⑩。

注 释

① 苏轼于元丰二年（1079）12月被贬为黄州（今湖北省黄冈市）团练副使，这两首诗作于元丰五年（1082）。

② 苦雨：久下成灾的雨。

③ 秋萧瑟：萧瑟如秋。

④ 燕脂雪：指飘落的白里透红的海棠花瓣。燕脂：即胭脂。

⑤ "暗中"二句：《庄子·大宗师》说，把船藏在山谷中，把山藏在沼泽中，可以说是很隐秘的，但半夜却被有力的神人扛走了。这里用以借喻海棠花在雨中很快萎谢，好像被有力之人暗中背去。

图5-1-1 《寒食帖》（局部）

⑥ 何殊：无异于。该句形容海棠花经风雨摧残后绿暗红稀，就像一个青年人得了一场病，痊愈后头发都由黑变白了。

⑦ 庖：厨房。寒菜：指雨天潮湿的蔬菜。此两句是说谪居生活非常艰苦。

⑧ 乌衔纸：古代风俗，寒食、清明时给死者扫墓。祭品放在坟前，每每有乌鸦飞下来取食时，就会掀动坟前的纸灰，好像衔起来一样，所以称乌衔纸。此句是说看到乌衔纸才知道今天是寒食节日。

⑨ "君门"二句：写谪居的苦恼。君门九重：见李商隐《哭刘蕡》注。坟墓万里：指祖坟远在眉州，无法上坟。意为"欲归朝廷，则君门有九重之深；欲返乡里，则坟墓有万里之远"。

⑩ 哭途穷：阮籍常独自驾车，到了路的尽头不能前进时，就大哭而回。死灰：字面意指"乌衔纸"的纸钱灰，实则用汉韩安国的典故。汉韩安国因罪入狱，狱吏田甲对他加以凌辱。安国说："死灰还能复燃，何况是人呢？"田甲回答道："燃烧时就用水将它熄灭。"这两句是想说自己已到穷途末路，心如死灰，不可复燃。

文化赏析

这两首诗是作者在元丰五年寒食节（清明节前一天）所作。前一首用苦雨中凋谢的海棠花与病卧不起的自己相互映衬，抒发惜花、惜春及自怜之情。后一首写自己生活艰难、进退失据、陷于绝境的谪居之感。两首诗互相补充，情调极其悲凉沉痛。

《寒食帖》书法作品的视觉中心与诗歌作品的中心相重叠，书法彰显动势，洋溢着起伏的情绪，它反映了作者的思想感情与书法线条所表达的情感合二为一的状态。通篇笔势起伏跌宕，迅疾而稳健，痛快淋漓，一气呵成。苏轼将诗句心境情感的变化寓于点画线条的变化之中，或正锋，或侧锋，转换多变，顺手断联，浑然天成。其结字亦奇，或大或小，或疏或密，有轻有重，有宽有窄，参差错落，恣肆奇崛，变化万千。难怪黄庭坚为之折腰，叹曰："东坡此诗似李太白，犹恐太白有未到处。此书兼颜鲁公、杨少师、李西台笔意，试使东坡复为之，未必及此。"（《黄州寒食诗跋》）董其昌也有跋语赞云："余生平见东坡先生真迹不下三十余卷，必以此为甲观。"《寒食帖》是苏轼书法作品中的上乘之作，在书法史上影响很大，被誉为继王羲之《兰亭集序》、颜真卿《祭侄季明文稿》之后的"天下第三行书"。

各抒己见

请你谈谈书法作品《寒食帖》的笔法特点及情感张力。

牛刀小试

牛刀小试

一、单选题

1. "也拟哭途穷"一句是关于（　　）的典故。

　　A. 嵇康　　　B. 阮籍　　　C. 刘伶　　　D. 刘备

2. "卧闻海棠花，泥污燕脂雪。暗中偷负去，夜半真有力"采用的修辞有（　　）。

　　A. 比喻、拟人　　　　　　B. 拟人、排比

　　C. 对偶、拟人　　　　　　D. 比喻、用典

3. 下列对本诗的理解和赏析不正确的一项是（　　）。

　　A. "春江欲入户"四句描写了江水满涨，雨势逼人，栖身的小屋像一叶渔舟，在蒙蒙烟雨中飘摇抖动的画面。萧索凄凉之态既是诗境，更是诗人的心境。

　　B. "空庖煮寒菜，破灶烧湿苇"一联对仗工整，描写物质生活的极度匮乏与艰难，表现出诗人在黄州迫于饥寒的窘境。

　　C. "那知是寒食，但见乌衔纸"写出乌鸦衔食诗人的食物，发现食物冰冷遂弃置一边，宁愿叼衔烧过的纸灰，从侧面衬托出诗人生活的困窘。

　　D. "君门深九重，坟墓在万里"一联直抒胸臆，既表达出远离君王无法为国尽忠效力的愁苦，也表达了亲人坟墓远隔万里欲祭不可的悲愁。

4. 关于本诗的理解和赏析不正确的一项是（　　）。

A. 这是一首逢寒食节遇雨抒情的感怀诗，抒发了诗人因被贬黄州而不能祭扫祖坟的无奈及人生困顿失意的愁苦

B. "空庖""寒菜""破灶""湿苇"等物象写出了物质生活的极度匮乏与艰难，表现了诗人在黄州时常迫于饥寒的窘况

C. 诗人居于黄州，没有公务缠身，生活悠闲自得，竟不知年月几何，看到"乌衔纸"才恍悟当前正是寒食节令

D. "君门"两句写到诗人既不能为国为民建功立业，又不能退居故里孝守先人坟墓，可谓是希望全无，为下文直抒胸臆奠定了感情基调

5. 苏轼的《寒食帖》是哪种书体？（　　）

A. 隶书　　　B. 草书　　　C. 行书　　　D. 楷书

二、判断题

1. "卧闻海棠花，泥污燕脂雪"中"卧"字点明作者生病卧床。（　　）

2. "也拟哭途穷"一句隐言拟学阮籍途穷之哭。（　　）

3. "空庖煮寒菜，破灶烧湿苇""小屋如渔舟，蒙蒙水云里"两句已经从忍受苦难升华为诙谐欣赏的态度了。（　　）

4. "那知是寒食，但见乌衔纸"中"纸"字最后一笔写得很抒情，表现了作者愉快和轻松的情感。（　　）

5. 《寒食帖》与东晋王羲之的《兰亭集序》、宋代颜真卿的《祭侄季明文稿》并称为"天下三大行书"。（　　）

三、翻译题

1. 卧闻海棠花，泥污燕脂雪，暗中偷负去，夜半真有力。

_____

_____

2. 君门深九重，坟墓在万里。也拟哭途穷，死灰吹不起。

_____

_____

史海钩沉

记白云先生书诀

东晋·王羲之

　　天台紫真谓予曰："子虽至矣，而未善也。书之气，必达乎道，同混元之理。七宝齐贵，万古能名。阳气明则华壁立，阴气太则风神生。把笔抵锋，肇乎本性。力圆则润，势疾则涩；紧则劲，险则峻；内贵盈，外贵虚；起不孤，伏不寡；回仰非近，背接非远；望之惟逸，发之惟静。敬兹法也，书妙尽矣。"言讫，真隐子遂镌石以为陈迹。维永和九年三月六日右将军王羲之记。

图5-1-2　王羲之记白云先生书诀

释　义

天台山紫真道人告诉我说："你的字虽然写得不错，但没达到尽善尽美的地步。书法的气韵，必通于自然之道，与宇宙自然生成及其运动变化的规律相一致。多种宝物齐聚一堂才真正可贵，书法也是如此，各项技艺（用笔、结字、章法、立象等）构建起严密精致而通天达道的"至善之境"，才能使书法艺术万古扬名。阳刚之气明则以壮美的姿态挺立，阴柔之气充沛则有风华神韵。执管落笔，始于书法家的本性。笔力圆正和畅，笔画便温润柔美；运笔疾进纵势，笔画则枯涩苍进。结体紧密，则意象精劲；结体险绝，则意象峻拔。结字中宫贵在充盈坚实，外宫贵在潇洒虚灵。起笔力发而势起，收笔环转藏锋力收而势全。笔画回仰相向处不可刻意靠近，逆旋背势相接的地方也不可刻意远离。看上去豪逸放纵的书法意象，书法家却要在平静、安详的心境下方能写就。恭敬地奉行这些法则，书法就能达到尽善尽美的境界。"说完，白云先生刻石留迹，以惠后人。永和九年三月六日右将军王羲之记。

史海钩沉

书　赋
南北朝·王僧虔

情凭虚而测有，思沿想而图空。心经于则，目像其容；手以心麾，毫以手从；风摇挺气，妍靡深功。尔其隶也，明敏蜿蠖，绚蒨趋将；摛文斐缛，托韵笙簧；仪春等暖，丽景依光；沈若云郁，轻若蝉扬。稠必昂萃，约实箕张；垂端整曲，裁邪制方。或具美于片巧，或双竞于两伤；形绵靡而多态，气陵厉其如芒。故其委貌也必妍，献体也贵壮，迹乘规而骋势，志循检而怀放。

图5-1-3　王僧虔

释　义

　　书法就是要把创作主体不可见的情感和思绪化成可视的艺术形态，心中构思遵循的法则，眼前浮现出事物的形状。手依着情思而挥动，笔毫因手动而随从。笔势如疾风推动的气势，书法的妍美出于深厚的功力。这样写出的隶书明快敏捷，如弯曲的尺蠖，纹彩鲜丽地向前挺行；铺陈的色彩如错杂的锦绣，寄托的情韵如吹笙一样声调悠扬；像春色一样温润，暖阳照在美丽的景色上；像云一样深沉郁勃、蕴含深厚，像蝉翼一样轻薄。稠密一定会鲜明荟萃，疏朗则像簸箕一样向两旁伸张；纵笔垂直向下而有曲致，斜撇如刀割而方折力壮。有的具备独特的美感，有的笔势双趋两雄强；形体绵延靡丽多姿多态，气势凌厉如锋芒。所以书法必然要姿容端正，展现的形体也贵在强健雄壮。笔迹依据规矩才会恣意有气势，情思遵循法度才能充分放开。

视听链接

电影《一轮明月》

该片是由陈家林执导的剧情电影，电影讲述了中国近代文化艺术先驱李叔同的传奇一生。

李叔同才华横溢，在音乐、诗词歌赋、篆刻、书法、绘画、表演等方面造诣颇深。他日本留学归国后，正值辛亥革命成功，他担任《太平洋报》的副刊主编，憧憬着国家的美好未来。但没过多久，国家陷入军阀混战，李叔同也从穿洋装的主编转变为儒雅的布衣君子，以教授书画为业。其间，他培养了丰子恺、刘质平等一批艺术名家。随后李叔同遁入空门，法号弘一。抗战爆发后，身患重病的他仍坚持抗日救亡运动，并谱写救亡歌曲鼓舞士气。

看完影片后，请谈谈你对李叔同的认识。

第二节　水墨丹青 气韵生动

文化揽要

本节精读篇目为徐渭的《墨葡萄图》，选读篇目为谢赫的《古画品录·序》和郑燮的《题画二则·竹》。

《墨葡萄图》（图 5-2-1）是一首题画诗，出自明代诗人、画家徐渭之手。作品以葡萄入画自喻，非常真切地反映了徐渭的寂寥心态，抒发了诗人无人赏识、壮志未酬的无限感慨和年老力衰、孤苦伶仃的凄凉之情，表达了诗人"英雄无用武之地"的怅惘与不平，抒发了其一生不遇的坎坷、痛苦之心。

《古画品录》（图 5-2-2）是现存最早的一部画品评述著作，谢赫以简练的文字对二十七位画家进行品评。此书的序中提出了"绘画六法"，此后，中国人物画、花鸟画和山水画在学习方法、创作探索、品鉴准则等方面进入了有章可循的自觉期，为中国画的审美观念、审美标准和发展路径初步确立了一套完整的理论。郑板桥在《题画三则·竹》（图 5-2-3）中谈到了艺术创造中"胸中有竹"与"胸中无竹"之间的矛盾统一关系。所谓"胸中有竹"，就是在创作前要先有艺术构思；所谓"胸中无竹"，就是强调随机变化，涉笔成趣。唯其如此，艺术创造才有灵动之气，才能出神入化。

不同于西方传统绘画以再现客观物象为基础进行创作，中国画以天、地、人相互关联的哲学为基础，通过对自然、人物的观察，体悟其内在精神，最后实现迁想妙得。学习这三篇作品，我们可以领悟中国画的写意传统，提高对诗画作品的审美鉴赏能力。

撷英咀华

墨葡萄图

明·徐渭

半生落魄^①已成翁，
独立书斋啸晚风^②。
笔底明珠^③无处卖，
闲抛闲掷野藤^④中。

注　释

① 落魄：潦倒失意。

② 啸晚风：在晚风中长啸，形容狂傲不羁的情态。啸：噘口发出长而清越的声音。

③ 明珠：指所画的葡萄，这里暗喻自己的才华。

④ 野藤：此处指葡萄枝条。此句意思是画上的葡萄好像明珠被抛到野藤条上一样，暗指自己怀才不遇。

文化赏析

《墨葡萄图》是徐渭水墨大写意的代表作之一，现藏于故宫博物院。在这首题画诗中，作者以野葡萄自喻，抒写了他半生落魄、怀才不遇、胸藏"明珠"而无人赏识，只能"闲抛闲掷野藤中"的惨淡情怀。

徐渭的写意花卉，"走笔如飞，泼墨淋漓"，用笔强调一个"气"字，用墨强调一个"韵"字。他的用笔看似潦草、若断若续，实际上笔与笔之间有"笔断意不断"的气势在贯通着；他的用墨看似狂涂乱抹、满纸淋漓，实际上是墨团之中有墨韵，墨法之中显精神。他的恣肆纵横、解衣盘礴，在其泼墨大写意中得到淋漓尽致的展现。他认为作画"大抵以墨汁淋漓、烟岚满纸、旷如无天、密如无地为上""百丛媚萼，一干枯枝，墨则雨润，彩则露鲜，飞鸣栖息，动静如生，悦性弄情，工而入逸，斯为妙品"。由此可见，徐渭的画是以情感调动笔墨，在他的画中，笔墨和物象都退居第二位。物象只不过是载体，他将自己的人生升腾于笔墨、物象之上。《墨葡萄图》最能代表他的水墨大写意风格。

图 5-2-1　《墨葡萄图》

此画构图奇特，信笔挥洒，似不经意，却造成了动人的气势和葡萄晶莹欲滴的艺术效果。作品以饱含水分的泼墨写意法，随意涂抹点染，将葡萄倒挂枝头，藤蔓缠绵绕转，叶片丰茂，果实累累，形象生动。用笔似草书之飞动，淋漓恣纵，诗画与书法在图中得到恰如其分的结合。作者将水墨葡萄与自己的身世感慨合二为一，一种饱经患难、壮志难酬的无可奈何之感尽情抒泄于笔墨之中。

各抒己见

请你根据徐渭的生平经历探讨一下其悲苦人生的形成原因。

牛刀小试

牛刀小试

一、单选题

1. 下列选项中不属于《墨葡萄图》的创作之法的是（　　）。

    A. 随类赋彩　　　　　B. 骨法用笔

    C. 应物象形　　　　　D. 气韵生动

2. 徐渭的《墨葡萄图》采取的表现手法是（　　）。

　　A. 衬托　　　　　　　　B. 对比

　　C. 欲扬先抑　　　　　　D. 象征

3. 徐渭的绘画开一代风气，下列（　　）项不是他的代表作。

　　A.《墨葡萄图》　　　　　B.《荷花双鸟图》

　　C.《菊竹图》　　　　　　D.《骑驴图》

4. 徐渭的《墨葡萄图》属于（　　）。

　　A. 泼墨大写意山水画　　B. 泼墨大写意花鸟画

　　C. 工笔花鸟画　　　　　D. 工笔人物画

5. 徐渭与杨慎、（　　）合称明代三大才子

　　A. 汤显祖　　B. 解缙　　　C. 文徵明　　D. 唐寅

二、判断题

1. 徐渭字文长，号天池山人，是明代著名的文学家、画家、书法家、戏剧家、军事家。（　　）

2. 徐渭开创的泼墨大写意先河为文人画提供了广阔的发展空间。（　　）

3. 广义上各种中国本土绘画都可以认为是中国画。（　　）

4. 中国的绘画艺术是探索内心世界的一种特殊形式。（　　）

5. 徐渭被称为"三绝"，即"画绝""才绝""痴绝"。（　　）

三、翻译题

笔底明珠无处卖，闲抛闲掷野藤中。

_____

_____

古画品录·序

南齐·谢赫

　　夫画品者，盖众画之优劣也。图绘者，莫不明劝戒，著升沉，千载寂寥，披图可鉴。虽画有六法，罕能尽该，而自古及今，各善一节。六法者何？一，气韵生动是也；二，骨法用笔是也；三，应物象形是也；四，随类赋彩是也；五，经营位置是也；六，传移模写是也。唯陆探微、卫协备该之矣。然迹有巧拙，艺无古今，谨依远近，随其品第，裁成序引。故此所述，不广其源，但传出自神仙，莫之闻见也。

图5-2-2 古画创作

释　义

　　画品是用来品评绘画作品的优劣高下的。图画无不是用来教诲百姓、记载历史的，虽过往千年，寂寞空旷，但翻开古画，往事历历可见。虽然绘画有六条法则，但是很少有画家能够全部具备。从古到今，很多画家只是擅长其中一法。什么是绘画六法呢？一是气韵生动；二是骨法用笔；三是应物象形；四是随类赋彩；五是经营位置；六是传移模写。只有陆探微、卫协能六法兼备。然而历史上流传下来的作品虽有巧拙之别，所用的技艺却无古今之分。现谨依照画家年代远近和画品高低来排列，编成序引。故而这里所记述的，不扩述其来源，因为有些记载出自虚无缥缈的传说，并未曾见过其原作。

史海钩沉

题画三则·竹

清·郑燮

微　课

　　余家有茅屋二间，南面种竹。夏日新篁初放，绿阴照人，置一小榻其中，甚凉适也。秋冬之季，取围屏骨子，断去两头，横安以为窗棂，用匀薄洁白之纸糊之。风和日暖，冻蝇触窗纸上，冬冬作小鼓声。于时一片竹影零乱，岂非天然图画乎？凡吾画竹，无所师承，多得于纸窗、粉壁、日光、月影中耳。

　　江馆清秋，晨起看竹，烟光日影露气，皆浮动于疏枝密叶之间。胸中勃勃，遂有画意。其实，胸中之竹，并不是眼中之竹也。因而磨墨、展纸，落笔倏作变相，手中之竹，又不是胸中之竹也。总之，意在笔先者，定则也；趣在法外者，化机也。独画云乎哉！

图5-2-3　郑板桥画竹

释　义

我家有两间茅草房，南面都种着竹子。到了夏天，新竹的枝叶刚刚伸展开来，绿色的竹影映照在人身上，这时候在竹林中放一张床，就会感觉十分凉爽舒适。到了秋冬交替之时，把屏风的骨架拿出来，截去两头，横着安放就成了窗格，然后用均匀洁白的薄纸把它糊起来。待到风和日暖，冻得半僵的苍蝇又飞动起来，撞到窗纸上，咚咚咚地发出敲击小鼓般的声音。这时，窗纸上又会出现一片零乱的竹影，这难道不是一派天然的图画吗？我所画的竹子都没有师承他人，多数是得之于纸窗、粉壁、日光、月影之中。

在江边，每逢清秋时节，我常常早晨起来观察竹子。这时，云烟、日影、露气都在疏枝密叶之间飘浮流动。于是，我的胸中情致勃勃，就有了作画的冲动。其实，这时在脑海里映现的竹子已经不是眼睛所看到的竹子了，于是我赶快取砚磨墨，展开画纸，乘兴落笔，尽情挥毫，很快就画成一幅幅图画。而这时，笔下所画出来的竹子又不是之前脑海里映现的竹子了。总之，意念产生在落笔之前，这是无可置疑的法则。但绘画的情趣流溢在法则之外，全凭个人精妙的灵感闪现。难道仅仅作画是这样吗？

视听链接

电影《山水情》

《山水情》是一部中国水墨动画电影，由特伟、阎善春、马克宣执导，王树忱任编剧，1988 年由上海美术电影制片厂出品。该片讲述了老琴师归途中病倒，在荒村野渡遇到渔家少年，渔家少年帮老琴师康复后，老琴师传授琴技，并赠送古琴。在老琴师离开时，少年抚琴相送，两人叙写了一段纯洁的师生之情的故事。

请结合本片的艺术特点谈谈你的观影感受。

第三节　梨园彩虹 人生百态

文化揽要

本节精读篇目为汤显祖的《牡丹亭·惊梦》，选读篇目为李渔的《闲情偶寄·词曲部·结构第一》。

《牡丹亭》与《西厢记》《桃花扇》《长生殿》并称为中国四大古典戏剧。太守之女杜丽娘与年轻书生柳梦梅在梦中相爱，醒后终日寻梦不得，抑郁而终，她在弥留之际嘱咐丫鬟春香将其自画像藏在太湖石底。三年后，柳梦梅赴京应试，借宿梅花庵观中，在太湖石下拾得画像，发现杜丽娘就是他梦中见到的佳人。杜丽娘魂游后园，和柳梦梅再度幽会（图5-3-1）。柳梦梅掘墓开棺，杜丽娘起死回生，两人结为夫妻。作品运用超现实的浪漫主义表现手法讴歌了超越生死的爱情理想，体现了作者反对封建礼教、追求自由爱情的精神。

明末清初杰出戏曲理论家李渔的《闲情偶寄》是我国古典戏曲理论史上的集大成者，作品从舞台艺术的角度系统地探讨了戏剧的编剧理论。《闲情偶寄·词曲部》从结构、词采音律、宾白、科诨、格局等六个方面论述了戏曲的创作技巧，并且在文学史上率先提出了"结构第一"的理论，强调总体构思和总体结构在艺术创作中的重要地位，从而揭示了艺术创作的一些本质规律，显示出当时中国戏剧理论的发展水平（图5-3-2）。

中国传统戏曲题材十分广泛，佳作纷呈，素有"词山曲海"之称。通过学习本节内容，我们可以领略欣赏这一综合性国粹艺术，了解中国古典戏曲的特点及成就。

牡丹亭·惊梦（节选）①

明·汤显祖

【绕池游】（旦上）梦回莺啭，乱煞年光遍②。人立小庭深院。（贴）炷尽沉烟，③抛残绣线，恁今春关情似去年④？

【乌夜啼】（旦）晓来望断梅关⑤，宿妆残⑥。（贴）你侧着宜春髻子，恰凭栏⑦。（旦）剪不断，理还乱，闷无端⑧。（贴）已分付催花莺燕借春看。（旦）春香，可曾叫人扫除花径？（贴）分付了。（旦）取镜台衣服来。（贴取镜台衣服上）云髻罢梳还对镜，罗衣欲换更添香⑨。镜台衣服在此。（旦）好天气也！

图5-3-1 游园

【步步娇】（旦）袅晴丝吹来闲庭院，摇漾春如线⑩。停半晌，整花钿⑪，没揣菱花⑫，偷人半面⑬，迤逗的彩云偏⑭。（行介）⑮步香闺怎便把全身现！

（贴）今日穿插的好。

【醉扶归】（旦）你道翠生生出落的裙衫儿茜⑯，艳晶晶花簪八宝填⑰，可知我常一生儿爱好是天然⑱。恰三春好处⑲无人见，不提防沉鱼落雁鸟惊喧⑳，则怕的羞花闭月㉑花愁颤。

（贴）早茶时了，请行。（行介）你看：画廊金粉半零星，池馆苍苔一片青。踏草怕泥㉒新绣袜，惜花疼煞小金铃㉓。（旦）不到园林，怎知春色如许㉔！

【皂罗袍】原来姹紫嫣红㉕开遍，似这般都付与断井颓垣㉖。良辰美景奈何天，赏心乐事谁家院㉗！恁般景致，我老爷和奶奶再不提起。（合）朝飞暮卷，云霞翠轩；雨丝风片，烟波画船㉘。锦屏人忒看的这韶光贱㉙。

（贴）是㉚花都放了，那牡丹还早。

【好姐姐】（旦）遍青山啼红了杜鹃㉛，荼蘼外烟丝醉软㉜。春香呵，牡丹虽好，他春归怎占的先㉝！（贴）成对儿莺燕呵。（合）闲凝眄㉞，生生燕语明如翦㉟，呖呖莺歌溜的圆㊱。

（旦）去罢。（贴）这园子，委是㊲观之不足也。（旦）提他怎的？（行介）

【隔尾】观之不足由他缱㊳，便赏遍了十二亭台是枉然。到不如兴尽回家闲过遣。

（作到介）（贴）开我西阁门，展我东阁床㊴。瓶插映山紫㊵，炉添沉水香。小姐，你歇息片时，俺瞧老夫人去也。（下）

注　释

① 《牡丹亭》第十出《惊梦》由"游园"和"惊梦"两部分组成，这里选的是前半部分"游园"。

② 旦：传统戏曲中的角色，扮演女性人物。在剧中扮演女主角的演员称"旦"，这里指扮演杜丽娘的演员。上：上场。梦回莺啭（zhuàn）：梦中醒来听得黄莺婉转的叫声。啭：鸟婉转的叫声。乱煞年光遍：到处弥漫着扰乱人心的春光。

③ 贴："贴旦"的简称，扮演剧中次要的角色，这里指扮演丫头春香的演员。炷（zhù）尽沉烟：沉香燃烧完了。炷：焚烧。沉烟：沉香燃烧的烟。沉香是熏用

的香料，下文的"炉添沉水香"中的"沉水香"，也指沉香。

④ 抛残绣线：抛弃了绣剩的丝线。恁（nèn）今春关情似去年：为什么对今年春光的依恋胜似去年？恁：凭，为什么。关情：牵动人心的依恋情怀。似：胜似，超过。

⑤ 乌夜啼：词牌名。明清传奇有时说白中也采用诗词的形式，交替吟诵。望断：望尽。梅关：即江西与广东交界的大庾岭，从宋代开始，设有梅关。

⑥ 宿妆残：隔夜的妆粉还残留在脸上。这里指杜丽娘早晨懒于梳洗。

⑦ "侧着"二句：侧着头正好凭栏远望。宜春髻子：相传立春那天，妇女剪彩绸为燕子状，上贴"宜春"二字，戴在头上。

⑧ 剪不断，理还乱：借用南唐李煜《乌夜啼》中的佳句，来比喻杜丽娘空虚、落寞、无聊的苦闷心情。闷无端：借用李煜《相见欢》，形容少女在春天的烦闷心情。无端：不知由来。

⑨ "云髻"二句：引唐代薛逢《宫词》诗。云髻：指妇女的发髻卷曲如云。更添香：重新添些香料。

⑩ 袅（niǎo）晴丝：游丝摇曳飘荡。袅：摇曳飘荡。晴丝：即游丝，虫类所吐的丝，常飞扬于空中。摇漾：摇摆荡漾。

⑪ 半晌（shǎng）：片刻。花钿（diàn）：古代女子贴在脸上的花饰。

⑫ 没揣：没有料到。菱花：镜子。古时铜镜背面多雕有菱花图案，故有此称。

⑬ 偷人半面：偷偷地照着了自己面孔的一半。

⑭ 迤（yǐ）逗：引诱、挑逗。彩云：形容妇女发髻如彩云般美丽。

⑮ 行介：表演行走的动作。介：剧本中指示角色表演动作时的用语。

⑯ 翠生生：色彩光洁鲜艳。出落的：显得。茜（qiàn）：红色。

⑰ 艳晶晶：光彩夺目的样子。花簪八宝填：镶嵌着多种珍宝的簪子。

⑱ 爱好是天然：爱美是天性。爱好：爱美。天然：天性使其这样。

⑲ 三春好处：美丽的春光。这里比喻自己的青春美貌。

⑳ 不提防：没料到。沉鱼落雁：形容女子异常美丽。鱼儿见了她，自愧不如而往深处游去，雁儿贪看她的美色而停落下来。典出自《庄子·齐物论》。

㉑ 羞花闭月：使花感到羞愧，使月亮躲藏起来。亦形容女子异常美丽。李白《西施》诗："秀色掩今古，荷花羞玉颜。"曹植《洛神赋》："髣髴兮若轻云之蔽月。"

㉒ 泥：作动词，玷污。

㉓ 惜花痛煞小金铃：形容非常爱惜花草。据《开元天宝遗事》记载：唐天宝初年，宁王为了护花，便在花园拉上红绳，密系金铃，每当鸟鹊在花园上方徘

徊，就让园丁拉系铃的绳子来驱赶。作者引用此典故，是说因为拉绳次数多了，小金铃都感到痛了。

㉔ 如许：如此。

㉕ 姹紫嫣红：指各色娇艳绚丽的鲜花。

㉖ 断井颓垣：形容庭院破败。断井：枯竭的井。颓垣：倒塌的墙。

㉗ "良辰"二句：大好时光，绚丽景色，却无奈苍天；赏心悦目，欢乐好事，又降落谁家！写杜丽娘面对美好景色的感叹。语出自谢灵运《拟魏太子邺中集诗序》："天下良辰、美景、赏心、乐事，四者难并。"

㉘ "朝飞"四句：写杜丽娘对广阔春景的向往。朝飞暮卷：借唐代王勃《滕王阁诗》"画栋朝飞南浦云，珠帘暮卷西山雨"之意，来形容楼阁壮丽。云霞翠轩：云彩与霞光辉映着华丽的亭台楼阁。雨丝风片：细雨微风。烟波画船：在烟雾弥漫的水面上游弋着装饰如画的游船。

㉙ 锦屏人：幽居深闺的女子。忒：太。韶光：美好的春光。

㉚ 是：凡是，所有的。

㉛ 啼红了杜鹃：开遍了红色的杜鹃花。传说杜鹃鸟啼血，血滴落在土地中，而后长出的花为杜鹃花。

㉜ 荼蘼（tú mí）：晚春开花的落叶灌木，属蔷薇科。荼蘼开花预示花季即将结束。宋代王淇《春暮游小园》诗有"开到荼蘼花事了"句。烟丝：游丝。醉软：娇柔无力之貌。

㉝ "牡丹"二句：牡丹花虽然开得美丽动人，但它在春暮之时开放，怎么能占得百花开放之先呢？这里暗示杜丽娘对青春被耽误的伤感。

㉞ 凝眄（miǎn）：注视。眄：斜视。

㉟ 生生燕语明如剪：燕子的叫声如同剪刀一样明快动人。

㊱ 呖呖：形容莺的叫声清脆。溜的圆：叫声圆润婉转。

㊲ 委是：实在是。

㊳ 缱（qiǎn）：缠绵，难舍难分。

㊴ "开我"二句：改用《木兰辞》"开我东阁门，坐我西阁床"一句。

㊵ 映山紫：映山红的一种。

文化赏析

这是《牡丹亭》第十出《惊梦》中的"游园"部分，是女主角杜丽娘的咏叹调，是在春色满园的情境中抒发的一份惊艳、慨叹和追问，唱响了她青春觉醒的内心独白。《牡丹亭》写了杜丽娘和柳梦梅的生死爱情，在汤显祖笔下，这份爱情跨越了阴阳两界的门槛、超越了真实和想象的界限，战胜了一切障碍，终于花好月圆，给在封建礼教束缚下挣扎的男女以莫大的鼓舞和激励。这出戏剧之所以成功，主人公特别是女主人公杜丽娘的形象塑造是关键因素。十七岁的杜丽娘生动鲜活，形象妩媚迷人，心灵晶莹澄澈，气质优雅高贵，处处闪耀着女性的魅力和青春的活力，是中国戏剧史上最明亮的形象之一。而给她的形象注入葱茏的美感和诗意的就是由绕池游、步步娇、醉扶归、皂罗袍、好姐姐、尾声六支曲子连缀起来的咏叹调。

这段咏叹词彩华美、格调典雅，和她大家小姐的身份是相称的。对春天的精心描绘和塑造青春勃发的女孩形象同步进行。面对这绝美景色，杜丽娘的惊艳的欣悦和相见恨晚的惋惜一起展开，被锁在庭院中的美景与限于豪宅深闺中的自己是何其相似。至此可以看出，杜丽娘对外面世界的渴望之深切。这六个曲牌的连缀给杜丽娘生命中最美丽的一场春梦奏响了辉煌的序曲，给《惊梦》做了极其充分的铺垫。作为中国戏剧中最抒情的咏叹调，这一节内容也登上了世界戏剧舞台咏叹调的高峰。

各抒己见

你如何看待杜丽娘这个人物形象？请与同学们展开讨论。

牛刀小试

牛刀小试

一、单选题

1. 汤显祖是（　　）著名的剧作家。

   A. 宋代　　　　　　　　　　B. 元代

   C. 明代　　　　　　　　　　D. 清代

2. 汤显祖的代表作是《临川四梦》，下列不属于临川四梦的是（　　）。

   A.《紫钗记》　　　　　　　　B.《牡丹亭》

   C.《南柯记》　　　　　　　　D.《荆钗记》

3. 传奇这个称呼在明代指的是以下哪种艺术形式？（　）

　　A. 小说　　　B. 诗歌　　　C. 戏剧　　　D. 散文

4. 《牡丹亭》又叫什么？（　）

　　A.《红楼梦》　　　　　　B.《紫钗记》

　　C.《西厢记》　　　　　　D.《还魂记》

5. 《牡丹亭》讲述的是（　）的爱情故事？

　　A. 张生和崔莺莺　　　　B. 柳梦梅和杜丽娘

　　C. 梁山伯与祝英台　　　D. 贾宝玉和林黛玉

二、判断题

1. 《牡丹亭》全剧文辞典雅，语言秀丽。（　）

2. 汤显祖的思想与徐文长、李卓吾、袁宏道等人在文学上的反复古主张一脉相承，互相呼应。（　）

3. 《牡丹亭》是一部以爱情为主线的现实主义戏剧作品。（　）

4. 元杂剧四大家是关汉卿、马致远、郑光祖、汤显祖。（　）

5. "没揣菱花，偷人半面"中的"偷人"暗指生活作风败坏。（　）

三、翻译题

1. 原来姹紫嫣红开遍，似这般都付与断井颓垣。

_____

_____

2. 朝飞暮卷，云霞翠轩。雨丝风片，烟波画船。锦屏人忒看的这韶光贱。

_____

_____

闲情偶寄·词曲部·结构第一（节选）

明·李渔

　　填词一道，文人之末技也。然能抑而为此，犹觉愈于驰马试剑，纵酒呼卢。孔子有言："不有博弈者乎？为之犹贤乎已。"博弈虽戏具，犹贤于"饱食终日，无所用心"；填词虽小道，不又贤于博弈乎？吾谓技无大小，贵在能精；才乏纤洪，利于善用。能精善用，虽寸长尺短，亦可成名。否则才夸八斗，胸号五车，为文仅称点鬼之谈，著书惟洪覆瓿之用，虽多亦奚以为？填词一道，非特文人工此者足以成名，即前代帝王，亦有以本朝词曲擅长，遂能不泯其国事者。请历言之。高则诚、王实甫诸人，元之名士也，舍填词一无表见。使两人不撰《琵琶》《西厢》，则沿至今日，谁复知其姓字？是则诚、实甫之传，《琵琶》《西厢》传之也。汤若士，明之才人也，诗文尺牍，尽有可观，而其脍炙人口者，不在尺牍诗文，而在《还魂》一剧。使若士不草《还魂》，则当日之若士，已虽有而若无，况后代乎？是若士之传，《还魂》传之也。此人以填词而得名者也。历朝文字之盛，其名各有所归，"汉史""唐诗""宋文""元曲"，此世人口头语也。《汉书》《史记》，千古不磨，尚矣。唐则诗人济济，宋有文士跄跄，宜其鼎足文坛，为三代后之三代也。元有天下，非特政刑礼乐一无可宗，即语言文学之末，图书翰墨之微，亦少概见。使非崇尚词曲，得《琵琶》《西厢》以及《元人百种》诸书传于后代，则当日之元，亦与五代、金、辽同其泯灭，焉能附三朝骥尾，而挂学士

文人之齿颊哉？此帝王国事以填词而得名者也。由是观之，填词非末技，乃与史传诗文同源而异派者也。

近日雅慕此道，刻欲追踪元人、配飨若士者尽多，而究竟作者寥寥，未闻绝唱。其故维何？止因词曲一道，但有前书堪读，并无成法可宗。暗室无灯，有眼皆同瞽目，无怪乎觅途不得，问津无人，半途而废者居多，差毫厘而谬千里者，亦复不少也。尝怪天地之间有一种文字，即有一种文字之法脉准绳，载之于书者，不异耳提而命，独于填词制曲之事，非但略而未详，亦且置之不道。揣摩其故，殆有三焉：一则为此理甚难，非可言传，止堪意会。想入云霄之际，作者神魂飞越，如在梦中，

图5-3-2 同光十三绝

不至终篇，不能返魂收魄。谈真则易，说梦为难，非不欲传，不能传也。若是，则诚异诚难，诚为不可道矣。吾谓此等至理，皆言最上一乘，非填词之学，节节皆如是也，岂可为精者难言，而粗者亦置弗道乎？一则为填词之理变幻不常，言当如是，又有不当如是者。如填生旦之词，贵于庄雅，制净丑之曲，务带诙谐，此理之常也。乃忽遇风流放侠之生旦，反觉庄雅为非；作迂腐不情之净丑，转以诙谐为忌。诸如此类者，悉难胶柱。恐以一定之陈言，误泥古拘方之作者，是以宁为阙疑，不生蛇足。若是，则此种变幻之理，不独词曲为然，帖括诗文皆若是也。岂有执死法为文，而能见赏于人，相传于后者乎？一则为从来名士以诗赋见重者十之九，以词曲相传者犹不及什一，盖千百人一见者也。凡有能此者，悉皆剖腹藏珠，务求自秘，谓此法无人授我，我岂独肯传人。使家家制曲，户户填词，则无论《白雪》盈车，《阳春》遍世，淘金选玉者，未必不使后来居上，而觉糠秕在前。且使周郎渐出，顾曲者多，攻出瑕疵，令前人无可藏拙，是自为后羿而教出无数逢蒙，环执干戈而害我也，不如仍仿前人，缄口不提之为是。吾揣摩不传之故，虽三者并列，窃恐此意居多。以我论之：文章者，天下之公器，非我之所能私；是非者，千古之定评，岂人之所能倒？不若出我所有，公之于人，收天下后世之名贤，悉为同调。胜我者，我师之，仍不失为起予之高足；类我者，我友之，亦不愧为攻玉之他山。持此为心，遂不觉以生平底里和盘托出，并前人已传之书，亦为取长弃短，别出瑕瑜，使人知所从违，而不为诵读所误。知我，罪我，怜我，杀我，悉听世人，不复能顾其后矣。但恐我所言者，自以为是而未必果是；人所趋者，我以为非而未必尽非。但矢一字之公，可谢千秋之罚。噫，元人可作，当必赏予。

释　义

　　填词在文人技艺中属于末位。然而，若能屈尊去做此事，仍会觉得胜过骑马比剑、纵酒赌博。孔子说过："不是有掷骰子下棋的游戏吗？做这类事也比无所事事要好。"掷骰子、下棋虽是游戏，但仍胜过"饱食终日，无所用心"；填词虽然是小技艺，不是又比赌博、下棋好吗？我认为技能无所谓大小，贵在能够精通；才华不论巨细，善于利用才有好处。虽然是雕虫小技，如果能够精通并熟练运用，仍然可以成名。否则，虽然自夸才高八斗、学富五车，但写出的文章却只会堆砌古人姓名和典故，写出的书也毫无价值，这样的才能虽多又有何用？填词这门技艺，并不只是精于此道的文人可以借以成名，以前的帝王也有因为当时词曲盛行而使国事得以流传的。请允许我一一道来。高则诚、王实甫等人是元代的名士，但除了填词之外并无其他表现。如果这两个人没有写出《琵琶记》《西厢记》，那么时至今日，又有谁知道他们的姓名呢？则诚、实甫的名字之所以为人所知，是因为《琵琶记》和《西厢记》的流传。汤显祖是明代的才子，他的诗文和书信都有值得观赏之处，但最脍炙人口的不是这些，而是《牡丹亭》这一戏剧。如果汤显祖不写《牡丹亭》，那么他的名字当时就会被埋没，更不要说流传于后世了。故而汤显祖的名字被人称颂，是因为《牡丹亭》的流传。这便是文人因为填词而成名的例子。历朝文字的兴盛，各有各的名号，"汉史""唐诗""宋文""元曲"，这些都已经成为世人的口头语。《汉书》《史记》千古流传，由来已久，唐代诗人人才济济，宋代文士大家云集，这三个朝代在文坛三足鼎立，是夏、商、周之后的又一个三代盛世。而到了元代，不但政治、刑法、礼乐方面没有可值得推崇的地方，就连语言文学方面的末流作品、书籍文章方面的细微之处都少有成就。如果不是崇尚词曲，使得《琵琶记》《西厢记》以及《元人百种》等书能够流传后世，那么当时的元朝也会和五代、金、辽等朝代一样湮没在历史之中，又怎么可能紧跟在汉、唐、宋的后面，被文人们常挂在嘴边呢？这就是帝王国事因为填词而成名的例子。由此看来，填词并不是末流的技艺，而是与史、传、诗、文有相同的起源，只不过门类不同而已。

近日来仰慕这项技能，刻意效仿元代词曲作家和明代汤显祖的人很多，而写出作品的却不多，可称得上是绝唱的作品更是闻所未闻。原因是什么呢？这是因为学习词曲这门技艺，虽有前人的作品可以读，却没有现成的技巧方法可以遵循。就像在没有灯光的黑暗房间里，即便有眼睛也如同盲人一样。由于大家都找不到方法，结果不是无人问津、半途而废，就是差之毫厘、谬以千里。我曾经感到奇怪的是，天地间只要有一种文字，必有一种与之相关的作文之法记录在书中，这就相当于耳提面命的教导，但唯独关于填词作曲的方法，不仅从来没有人详谈，甚至干脆置之不论。我推测这其中有三个原因：一是要讲清楚填词之法所蕴含的道理很难，只可意会、不可言传。在灵感直冲云霄的时候，作者魂魄出窍，如在梦中，不到通篇完成不能收回魂魄。谈真事容易，说梦境就比较难了，这就不是不想传授，而是不能传授。这样的话，就实在是太奇异、太困难，完全不能表达出来。我所说的这些道理，指的是填词创作中最上乘的经验，并非填词创作的所有环节都像这样，但也不能因为精深的道理难以言传，就把粗浅的道理也置之不论。二是填词的方法变幻无常，有时应该这样做，但有时又不应该。比如给生角、旦角填词，贵在端庄文雅；给净角、丑角制曲，务必要诙谐幽默，这都是常理。可是如果遇到了风流放浪、无拘无束的生角或旦角，反而觉得端庄文雅不对；扮演迂腐、不近人情的净角或丑角，就应该转而忌讳诙谐幽默。诸如此类的，很难一概而论。恐怕用一定的陈词滥调，耽误了恪守成规的作者，所以宁可不妄加评论，也不能画蛇添足。这种变幻不定的道理，不只存在于词曲创作中，科举应试、诗歌散文都是如此。哪有用固定死板的方法作文，却还能被人欣赏、流传于后世的？三是自古以来十个文人中有九个都看重诗赋的创作，能够凭借词曲流传后世的还不到十分之一，千百个人中也只有一个而已。凡是擅长作词曲的，全都剖腹藏珠，把这个秘密埋在心底，认为作词曲之法没人教过我，我怎么能传给别人。如果家家户户都能制曲填词，那么就算遍地都是好作品，欣赏者恐怕也会让后来者居上，认为前人的作品粗陋。况且，如果内行人越来越多，那么挑出的瑕疵也就越来越多，让前人没有办法藏拙，就像后羿教出了无数谋害自己的逢蒙，都拿着武器来攻击自己一样。与其这样，还不如仍然效仿前人的做法，对这个问题缄口不言为好。我揣摩填词创作方法不能流传的原因，虽然这三者都有，但恐怕最后这点是主要原因。而在我看来，文章是天下所共有的东西，不是我自己能够私藏起来的；文章的是非成败是千古以来的定论，怎么是某人所能够推翻的？所以不如倾我所有，公之于众，让天下后世的贤士成为我的知音。胜过我的，我拜他为师，但我仍然是能够启发别人的良才；和我类似的，我把他当朋友，也是我可以借鉴的对象。有这种心态，不知不觉便会把自己的平生所学和盘托出，并和前人流传下来的书进行比较，取长补短，辨别瑕瑜，让人知道如何取舍，不受自己所诵读的书的误导。理解我也好、怪罪我也好、同情我也好、伤害我也好，都随世人，我是不能再顾及身后之事了。只是恐怕我所说的这些道理，我自己以为对的却未必对；大家都追求的，我认为不对的却也未必完全不对。不过只要有一个字说得公允有益，我便可以推脱掉千秋万代的惩罚了。唉，如果元代的作者可以复生，也一定会宽容我的。

视听链接

晋剧《范进中举》

晋剧《范进中举》改编自清代吴敬梓的长篇小说《儒林外史》，剧中塑造了范进、胡屠户等一系列有血有肉的典型人物。该剧演绎了秀才范进屡考不举，家中一贫如洗，科考在即，范进四处借钱未果反被人讥讽，幸得花子将自己偷来的银子赠送范进，助他赴考。结果范进此次一举中第，却喜极而疯。故事集中反映了科举制度对人的异化，使人们在观剧之时感受到作品的价值取向和道德评判。

看完此剧后，请谈谈你对本剧思想内涵的理解。

第四节　精医重道 仁心惠世

文化揽要

　　本节精读篇目选自《黄帝内经》中的《素问·上古天真论》，选读篇目节选自陈寿《三国志》中的《华佗传》。

　　《黄帝内经》是医学经典，也是中医的理论基础。其中《素问·上古天真论》的返璞归真思想在中医养生方面体现得最为充分（图5-4-1）。在上古时代，人们日出而作，日落而息，生活完全取法于自然之道，处于一种天人合一的状态。所以《黄帝内经》号召人们返璞归真、遵循自然的养生之道，做到形与神俱、少思寡虑，既要保持上天赋予自身的真精真气，又要吸收天地之精华，以期达到养生保健的目的。

　　华佗（图5-4-2）是中国古代具有划时代意义的著名医学家，他发明的麻沸散、创制的五禽戏，以及高超的针灸术和外科手术都代表了那个时代医学的最高水平。《华佗传》是一篇人物传记，记述了神医华佗一生的医术故事，富有传奇性，从内容和选材来看，本传可称得上是华佗行医案例的汇编，较本真地保留了许多医学资料，对我们认识古代医学有较高的借鉴价值。

　　中医是中华民族的传统医学，承载着中国古代人民同疾病作斗争的经验和理论知识。通过本节的学习，我们可以初步了解中医，学会辩证地看待中西医论之争，以及中医与现代国家建设的关系。

撷英咀华

素问·上古天真论
《黄帝内经》

　　昔在黄帝①，生而神灵②，弱而能言，幼而徇齐，长而敦敏，成而登天③。乃问于天师④曰："余闻上古之人，春秋⑤皆度百岁而动作不衰；今时之人，年半百而动作皆衰，时世异耶？人将失之耶？"

岐伯对曰："上古之人，其知道⑥者，法于阴阳，和于术数⑦，食饮有节，起居有常，不妄作劳，故能形与神俱⑧，而尽终其天年，度百岁乃去。今时之人不然也，以酒为浆，以妄为常，醉以入房，以欲竭其精，以耗散其真⑨，不知持满，不时御神⑩，务快其心，逆于生乐⑪，起居无节，故半百而衰也。夫上古圣人之教下也，皆谓之虚邪贼风，避之有时，恬淡虚无，真气从之，精神内守，病安从来？是以志闲而少欲，心安而不惧，形劳而不倦，气从以顺，各从其欲，皆得所愿。故美其食，任其服，乐其俗，高下不相慕，其民故曰朴。是以嗜欲不能劳其目，淫邪不能惑其心，愚智贤不肖不惧于物，故合于道。所以能年皆度百岁而动作不衰者，以其德全不危也。"

帝曰："人年老而无子者，材力尽耶，将天数然也。"

岐伯曰："女子七岁，肾气盛，齿更发长；二七而天癸至，任脉通，太冲脉盛，月事以时下，故有子；三七肾气平均，故真牙生而长极；四七筋骨坚，发长极，身体盛壮；五七阳明脉衰，面始焦，发始堕；六七三阳脉衰于上，面皆焦，发始白；七七任脉虚，太冲脉衰少，天癸竭，地道不通，故形坏而无子也。丈夫八岁，肾气实，发长齿更；二八肾气盛，天癸至，精气溢泻，阴阳和，故能有子；三八肾气平均，筋骨劲强，故真牙生而长极；四八筋骨隆盛，肌肉满壮；五八肾气衰，发堕齿槁；六八阳气衰竭于上，面焦，发鬓颁白；七八肝气衰，筋不能动，天癸竭，精少，肾脏衰，形体皆极；八八，则齿发去。肾者主水，受五脏六腑之精而藏之，故五脏盛乃能泻。今五脏皆衰，筋骨解堕，天癸尽矣。故发鬓白，身体重，行步不正，而无子耳。"

帝曰："有其年已老而有子者，何也？"

岐伯曰："此其天寿过度，气脉常通，而肾气有余也。此虽有子，男不过尽八八，女不过尽七七，而天地之精气皆竭矣。"

帝曰："夫道者，年皆百数，能有子乎？"

岐伯曰："夫道者，能却老而全形，身年虽寿，能生子也。"

黄帝曰："余闻上古有真人者[12]，提挈天地[13]，把握阴阳，呼吸精气[14]，独立守神，肌肉若一[15]，故能寿敝天地[16]，无有终时，此其道生。中古之时，有至人者，淳德全道，和于阴阳，调于四时[17]，去世离俗[18]，积精全神，游行天地之间，视听八达之外，此盖益其寿命而强者也，亦归于真人。其次有圣人者，处天地之和，从八风之理[19]，适嗜欲于世俗之间[20]。无恚嗔之心[21]，行不欲离于世，被服章，举不欲观于俗[22]，外不劳形于事，内无思想之患，以恬愉为务[23]，以自得为功，形体不敝[24]，精神不散，亦可以百数。其次有贤人者，法则天地[25]，象似日月，辨列星辰[26]，逆从阴阳[27]，分别四时，将从上古，合同于道[28]，亦可使益寿而有极时[29]。"

图5-4-1　黄帝与岐伯

注　释

① 昔在：指远古时代。黄帝：古代传说中的帝王。

② 神灵：聪明而智慧。

③ 徇齐：睿智敏捷，理解力强。敦敏：敦厚而勤勉。登天：指登上天子之位。

④ 天师：黄帝对岐伯的尊称。

⑤ 春秋：年龄。

⑥ 知道：懂养生之道。

⑦ 法于阴阳：效法天地阴阳变化的规律。术数：调精养气的养生方法。

⑧ 形与神俱：形体与精神能够相合。

⑨ "醉以入房"三句：醉酒后纵情声色，导致精气衰竭，真气耗散。

⑩ 御神：保持精神，避免耗散精气。

⑪ 逆于生乐：与生命真正的快乐背道而驰。

⑫ 真人：至真之人，指修养境界最高之人。下文的至人、圣人、贤人，修养境界依次降低。

⑬ 提挈天地：把握自然变化的规律。

⑭ 呼吸精气：吐故纳新，吸取天地的能量，导引行气。

⑮ 肌肉若一：指身体精神合一。

⑯ 寿敝天地：寿与天齐。

⑰ "和于阴阳"二句：符合天地阴阳的变化，适应四时气候的变迁。

⑱ 去世离俗：避开世俗。

⑲ 从八风之理：顺从八风的变化规律。八风：指东、南、西、北、东南、西南、东北、西北八方之风。

⑳ 适嗜欲于世俗之间：调整自己的嗜欲以适应世俗。

㉑ 恚嗔（huì chēn）：生气，嗔怒。

㉒ 举不欲观于俗：行为举止不仿效世俗。

㉓ 恬愉：清净愉悦。

㉔ 形体不敝：形体不衰老。敝：破旧，老。

㉕ 法则：效法。"法"与"则"都是动词。

㉖ 辨列星辰：分辨星辰的运行。

㉗ 逆从阴阳：顺从阴阳的消长。逆从：偏义复词，偏"从"。

㉘ "将从上古"二句：追随上古真人，合于养生之道。

㉙ 极时：自然天寿。

文化赏析

《上古天真论》是《黄帝内经》的开篇之作，从维持人体功能的意识、食物、生活习惯、劳作习惯四个方面进行了阐述，对整部作品起到提纲挈领的作用。

文章首起的问题就是关系功能衰退的："余闻上古之人，春秋皆度百岁而动作不衰，今时之人，年半百而动作皆衰者，时世异耶？人将失之耶？"接着提出人体功能维护的总体原则是"法于阴阳"，即遵守生命的运动规律，这是人体功能正常存在和健康长寿的条件。

　　本文用简短的篇幅阐述了养生保健的道理，讨论了健康与长寿的关系，提出了"食饮有节，起居有常，不妄作劳"的常规性法则；用人的生长、壮实、衰老的生理的自然规律阐明了人的先天寿数；列举传说中的真人、至人、圣人、贤人的养生方法，佐证"生死寻常事，寿可与天齐"的可能性。

牛刀小试

牛刀小试

一、单选题

1. 据《素问·上古天真论》所述，女子七岁的生理标志是（　　）。

   A. 齿更发长　　　　　　B. 月事以时下

   C. 肾气平均　　　　　　D. 发长极

2. 据《素问·上古天真论》所述，女子二七的生理标志为（　　）。

   A. 肾气平均　　　　　　B. 真牙生而长极

   C. 月事以时下　　　　　D. 筋骨坚发长极

3. 据《素问·上古天真论》所述，丈夫二八的生理标志是（　　）。

   A. 精气溢满　　　　　　B. 肾气平均

   C. 真牙生而长极　　　　D. 身体盛壮

4. "上古之人，其知道者"的养生方法没提到的是（　　）。

   A. 法于阴阳　　　　　　B. 精于算术

   C. 饮食有节　　　　　　D. 不妄作劳

5. 《素问·上古天真论》中"今五藏皆衰，筋骨解堕，天癸尽矣"指的是（　　）。

   A. 男子56岁　　　　　　B. 女子56岁

   C. 女子64岁　　　　　　D. 男子64岁

二、判断题

1. 《素问·上古天真论》认为避免外邪侵袭也是养生内容。（　　）

2. 《素问·上古天真论》认为天癸至是具备生殖能力的关键。（　　）

3. 《素问·上古天真论》认为善于养生之道的人寿命超过百岁后仍有生殖能力。（　　）

4. 《素问·上古天真论》中"圣人"的养生方法有逆从阴阳、分别四时等。（　　）

5. 据《上古天真论》所述，男人以七为成长周期，女人以八为成长周期。（　　）

三、翻译题

1. 上古之人，其知道者，法于阴阳，和于术数，食饮有节，起居有常，不妄作劳，故能形与神俱。

_____

_____

2. 故美其食，任其服，乐其俗，高下不相慕，其民故曰朴。

_____

_____

史海钩沉

三国志·华佗传（节选）

西晋·陈寿

　　华佗字元化，沛国谯人也，一名旉。游学徐土，兼通数经。沛相陈珪举孝廉，太尉黄琬辟，皆不就。晓养性之术，时人以为年且百岁而貌有壮容。又精方药，其疗疾，合汤不过数种，心解分剂，不复称量，煮熟便饮，语其节度，舍去辄愈。若当灸，不过一两处，每处不过七八壮，病亦应除。若当针，亦不过一两处，下针言：

图5-4-2　华佗

"当引某许，若至，语人。"病者言"已到"，应便拔针，病亦行差。若病结积在内，针药所不能及，当须刳割者，便饮其麻沸散，须臾便如醉死无所知，因破取。病若在肠中，便断肠湔洗，缝腹膏摩，四五日差，不痛，人亦不自寤，一月之间，即平复矣。

　　……

　　府吏倪寻、李延共止，俱头痛身热，所苦正同。佗曰："寻当下之，延当发汗。"或难其异。佗曰："寻外实，延内实，故治之宜殊。"即各与药，明旦并起。

　　……

　　佗行道，见一人病咽塞，嗜食而不得下，家人车载欲往就医。佗闻其呻吟，驻车往视，语之曰："向来道边有卖饼家蒜齑大酢，从取三升饮之，病自当去。"即如佗言，立吐蛇一枚，县车边，欲造佗。佗尚未还，小儿戏门前，逆见，自相谓曰："似逢我公，车边病是也。"疾者前入坐，见佗北壁悬此蛇辈约以十数。

……

广陵太守陈登得病，胸中烦懑，面赤不食。佗脉之曰："府君胃中有虫数升，欲成内疽，食腥物所为也。"即作汤二升，先服一升，斯须尽服之。食顷，吐出三升许虫，赤头皆动，半身是生鱼脍也，所苦便愈。佗曰："此病后三期当发，遇良医乃可济救。"依期果发动，对佗不在，如言而死。太祖闻而召佗，佗常在左右，太祖苦头风，每发，心乱目眩，佗针鬲，随手而差。

释　义

华佗字元化，是沛国谯县人，又名旉。他远游徐州求学，通晓数种经书。沛国相陈珪推荐他为孝廉，太尉黄琬征召他任职，他都没有去。华佗深谙养生之道，当时的人们认为他年龄将近一百岁，可外表看上去还像壮年人一样。他精通医方药物，治病时，配制汤药不过用几味药，心里掌握着药物的分量、比例，不用称量，把药煮好就让病人服饮，同时告诉服药的禁忌和注意事项。等华佗一离开，病人也就好了。如果需要药灸治疗，也不过一两个穴位，每个穴位不过烧灸七八根艾条，病也就治好了。如果需要针灸治疗，也不过扎一两个穴位，下针时对病人说："针刺感应当延伸到某处，如果到了，请告诉我。"当病人说"已经到了"，华佗随即起针，病痛很快也就痊愈了。如果病患集结郁积在体内，扎针、吃药都不能奏效，应须剖开割除的，就饮服他配制的麻沸散，一会儿病人就如醉死一样毫无知觉，于是华佗就开刀切除患处，取出结积物。病患如果在肠中，就割除肠子的病变部分，洗净伤口，然后缝好刀口，敷上药膏，四五天后，病就好了，不再疼痛，病人自己也没有什么感觉，一个月之内，伤口便痊愈了。

……

　　府中官吏倪寻、李延同时来就诊，二人都头痛发烧，病痛的症状正相同。华佗却说："倪寻应该把病邪泻下来，李延应当发汗驱病。"有人对这两种不同的疗法提出疑问，华佗回答说："倪寻是外实症，李延是内实症，所以治疗他们也应当用不同的方法。"随即分别给两人服药，次日早晨，两人都能行动自如了。

　　……

　　一天华佗走在路上，看见有个人患吞食困难的病，想吃东西却不能下咽，家里人用车载着他去求医。华佗听到病人的呻吟声，就停车去诊视，告诉他们说："刚才我来的路边上有家卖饼的，有蒜泥和大醋，你向店主买三升喝下去，病痛自然会好。"他们马上照华佗的话去做，病人吃下后立即吐出一条像蛇一样的蛔虫，他们把蛔虫悬挂在车边，想到华佗家去拜谢。华佗还没有回家，他的两个孩子在门口玩耍，迎面看见他们，小孩相互说："好像是遇到咱们的父亲了，车边挂着的蛔虫就是证明。"病人上前进屋坐下，看到华佗屋里北面的墙上悬挂着十几条这样的寄生虫标本。

　　……

　　广陵郡太守陈登得了病，心中烦躁郁闷，脸色发红，不想吃饭。华佗为他诊脉说："您胃中有好几升虫，将在腹内形成肿胀坚硬的毒疮，这是吃太多生鱼、生肉造成的。"随即做了两升药汤，太守先喝一升，过一会儿全都喝了，过了一顿饭的工夫，陈登吐出了约三升的小虫，小虫赤红色的头还在蠕动，一半身体还是生鱼脍的模样，陈登的病痛也就好了。华佗说："这种病三年后该会复发，碰到良医才能救活。"三年后陈登果然旧病复发，当时华佗不在，正如华佗说的那样，陈登去世了。曹操听说后征召华佗，华佗常服侍在他左右，曹操患有头痛病，发病时心情慌乱、头晕目眩，华佗只要针刺膈俞穴后立刻就能治好。

视听链接

电影《李时珍》（1956年版）

电影《李时珍》是沈浮执导的剧情片。故事发生在明朝时期，李时珍因医术高明、品格高洁获得了百姓们的爱戴和认可，楚王邀请李时珍进宫给王子治病，令宫廷御医们束手无策的古怪病症在他的手下药到病除，李时珍因此获得了进入太医院深造的机会。随后因不满太医院的迂腐，李时珍决心辞官回乡修著《本草》。为验证药效，他走遍四方，在百姓们的帮助及其锲而不舍的努力下，李时珍终将笔记整理成书，命名为《本草纲目》。此书几经波折终于流传万世，造福于民。

看完影片，请你谈谈李时珍具有哪些品质？你是如何理解和看待中医的？

书海泛舟

1. 张彦远《法书要录》
2. 陈传席《中国山水画史》
3. 刘义庆《世说新语》
4. 司马迁《史记·扁鹊仓公列传》
5. 李贽《童心说》

参考文献

1. 徐中玉.中国古典文学精品普及读本·先秦两汉散文 [M].广州：广东人民出版社，2019.

2. 赵洪云.中华经典诗文诵读：第4卷 [M].济南：山东友谊出版社，2015.

3. 李寅生.传统文化经典读本·古文 [M].成都：四川辞书出版社，2018.

4. 刘琨，可敬.国学经典选读 [M].北京：北京理工大学出版社，2018.

5. 陈永.传习录素解 [M].广州：中山大学出版社，2017.

6. 胡寿如.清官传注译 [M].合肥：黄山书社，2014.

7. 陈仕儒.历代名人家书家训选读 [M].贵阳：贵州人民出版社，2015.

8. 张崇琛.中华家教宝库 [M].长春：吉林人民出版社，1993.

9. 罗宗强，陈洪.中国古代文学作品选：第1卷 [M].北京：高等教育出版社，2004.

10. 吴楚材，吴调侯.古文观止 [M].张国风，注释.北京：金盾出版社，2003.

11. 唐旭东.古文《尚书》文系年注析 [M].郑州：河南人民出版社，2016.

12. 崔铭，周茜.中国古代文学经典导读 [M].北京：商务印书馆，2019.

13. 程千帆，沈祖棻.古诗今选 [M].西安：陕西师范大学出版社，2019.

14. 刘大杰.中国文学发展史：下卷 [M].上海：复旦大学出版社，2011.

15. 李今庸.李今庸《黄帝内经》考义 [M].北京：中国中医药出版社，2015.

16. 徐寒.黄帝内经 [M].北京：线装书局，2017.

17. 陈寿.三国志 [M].武汉：崇文书局，2009.

图书在版编目（ＣＩＰ）数据

传统文学修养 / 阳璐西等主编 . -- 北京：高等教育出版社，2023.9（2024.8重印）

ISBN 978-7-04-060644-7

Ⅰ . ①传… Ⅱ . ①阳… Ⅲ . ①中国文学 - 文学欣赏 - 高等职业教育 - 教材 Ⅳ . ① I206

中国国家版本馆 CIP 数据核字（2023）第 110681 号

CHUANTONG WENXUE XIUYANG

读者意见反馈

为收集对教材的意见建议，进一步完善教材编写并做好服务工作，读者可将对本教材的意见建议通过如下渠道反馈至我社。

咨询电话　400-810-0598

反馈邮箱　gjdzfwb@pub.hep.cn

通信地址　北京市朝阳区惠新东街4号富盛大厦1座

　　　　　高等教育出版社总编辑办公室

邮政编码　100029

资源服务提示

将课教师如需获得本书配套教学资源，请登录"高等教育出版社产品检索信息系统"（https://xuanshu.hep.com.cn/）搜索本书并下载资源，首次使用本系统的用户，请先注册并进行教师资格认证。

联系我们

高教社高职语文教育研讨QQ1群：638427589

　　　　　　　　　　　　QQ2群：790979113

策划编辑	出版发行	高等教育出版社
王蓓爽	社　址	北京市西城区德外大街4号
	邮政编码	100120
责任编辑	印　刷	唐山市润丰印务有限公司
王蓓爽	开　本	787mm×1092mm 1/16
方　雷	印　张	12.5
	字　数	180千字
封面设计	购书热线	010-58581118
王凌波	咨询电话	400-810-0598
	网　址	http://www.hep.edu.cn
责任绘图		http://www.hep.com.cn
姜　磊	网上订购	http://www.hepmall.com.cn
		http://www.hepmall.com
		http://www.hepmall.cn
版式设计	版　次	2023年9月第1版
王凌波	印　次	2024年8月第2次印刷
	定　价	32.80元
责任校对		本书如有缺页、倒页、脱页等质量问题，
陈　杨		请到所购图书销售部门联系调换
责任印制		版权所有　侵权必究
刘弘远	物 料 号	60644-A0